30033

ESSAI

SUR

LES OBLIGATIONS

DIVISIBLES ET INDIVISIBLES,

PAR

M. Antonin Bourgnon de Layre,

AVOCAT A LA COUR ROYALE DE POITIERS,

docteur en droit.

Prix : 2 francs.

A POITIERS

SE VEND CHEZ TOUS LES LIBRAIRES

1844

AVERTISSEMENT DE L'ÉDITEUR.

Cet Essai a été composé à l'occasion d'une thèse de doctorat, soutenue le 11 novembre 1844, à la Faculté de Droit de Poitiers. L'auteur ne songeait nullement à en faire l'objet d'une publication ; mais comme elle a trait à un sujet peu étudié, et par conséquent peu connu, des Professeurs ont pensé que ce travail, ayant nécessairement fait surgir des idées nouvelles, pouvait rendre un véritable service en préparant la voie à des études sérieuses sur la matière. Cette publication tend donc à dissiper ce préjugé depuis longtemps admis, que notre loi civile est en cette partie incompréhensible ; et si des efforts nouveaux, joints à ceux qui viennent d'être tentés, contribuaient à éclaircir les questions si ardues de la divisibilité et de l'indivisibilité, l'auteur aurait atteint son but, car il ne se dissimule pas les imperfections qui existent dans son œuvre.

ESSAI

SUR

LES OBLIGATIONS

DIVISIBLES ET INDIVISIBLES.

ESSAI

SUR

LES OBLICATIONS

DIVISIBLES ET INDIVISIBLES,

PAR

M. Antonin Bourgnon de Layre,

AVOCAT A LA COUR ROYALE DE POITIERS,

Docteur en droit.

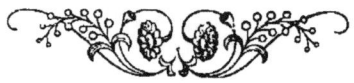

POITIERS

IMPRIMERIE DE HENRI OUDIN.

1844
1845

ESSAI

sur

LES OBLIGATIONS

DIVISIBLES ET INDIVISIBLES.

> Et tenebræ non comprehenderunt.
> (S. JEAN, ÉV. CH. 1. V. 5.)

La matière que nous avons à traiter a toujours paru extrêmement difficile ; on regarde généralement la partie du Code civil qui y correspond comme la moins claire de toutes. Serait-ce parce qu'on l'a mal envisagée, je n'ose pas trop le dire ; mais ce qu'il y a de certain, c'est qu'on la fort peu étudiée ; ce qui nous a fait croire qu'il serait bon d'émettre quelques idées à cet égard.

Disons-le, dès l'abord, ce qui a fait la difficulté du sujet, c'est qu'on n'est pas remonté aux principes qui le régissaient, c'est qu'on a négligé de les présenter. Ces principes sont autant et plus encore métaphysiques que juridiques, et les jurisconsultes des anciens temps songèrent peu à les invoquer, vivant comme ils le faisaient, à une époque où c'était d'après les textes que tout se décidait, et ne cherchant là, comme ailleurs, qu'à s'appuyer de textes du droit romain : erreur qu'ils commirent et qui engendra la confusion dont on s'est plaint ; car ces textes ne faisaient que donner des applications, il fallait remonter à la pensée d'où ils éma-

1

naient. Les pensées, à cet égard, avaient changé depuis le temps où avaient vécu les jurisconsultes romains, de telle sorte que, par suite, les produits des idées anciennes et des idées modernes ayant nécessairement varié, il n'était guère possible de les concilier, de leur marquer à chacun leur place quand on n'en avait pas cherché la source, et comme on en ignorait complètement l'origine, on fit de tout cela un mélange sans ordre, qui ne présenta à l'esprit qu'un assemblage informe de décisions sans choix et de règles contradictoires.

Voyons donc quels principes nous devons proclamer.

Il s'agit ici d'une matière qui a trait aux obligations. Il importe d'examiner comment les obligations doivent être considérées, afin qu'ayant une règle générale pour tous les cas, on y fasse rentrer le cas spécial qui nous occupe.

Posons d'abord, comme un principe fondamental, que les obligations doivent avant tout être respectées, qu'avant tout, il faut veiller à ce qu'elles s'exécutent.

Et, en effet, chaque être qui subsiste n'ayant pas en lui-même sa raison d'existence, a besoin de se mettre en rapport continuel avec l'être de qui toute existence émane, et ces rapports sont ce qui constitue les lois, et le résultat que l'application de ces lois produit, c'est d'entretenir l'ordre et l'harmonie entre les différents objets de la création ; de telle sorte que le monde entier forme, à vrai dire, un vaste concert dont les notes mélodieuses échappent à notre oreille, mais que certains hommes initiés à la connaissance des choses divines et humaines sont parvenus à retrouver ; accords ineffables qu'à soupçonnés S. François de Sales, musique toute céleste partie de tous les points de l'univers, qu'a entendue Kepler, harmonie générale entre tous les êtres qu'ont reconnue la science et la foi, unies là comme en beaucoup d'autres circonstances dans la découverte de la vérité.

Cette loi de l'harmonie qui unit entre eux les objets matériels, doit servir aussi à unir les intelligences, tout dans la nature devant être soumis aux mêmes règles et se rattacher au même principe quoique par des applications différentes ; mais ici précisément nous avons des différences à signaler : les êtres intelligents jouissent d'une faculté dont sont privés les êtres insensibles, c'est, tout en restant les uns et les autres assujettis aux mêmes lois, d'y obéir, ceux-ci d'une manière fatale, ceux-là avec une pleine et entière liberté ; ce qui donne à ces derniers jusqu'à un certain point la possibilité de les enfreindre.

Puis donc que l'homme est doué d'un pareil pouvoir, il faut faire en sorte qu'il ne soit pas porté à en abuser, et il faut en outre le faire rentrer dans l'ordre une fois qu'il en est sorti ; il y a donc là toute une série de règles et de dispositions particulières. Il y en a qui émanent de la puissance suprême, il y en à qui émanent de l'homme lui-même.

L'homme, en effet, par cela seul qu'il est libre, a un certain terrain sur lequel il peut se développer parce qu'il a une mission à remplir qui doit être modelée sur un certain idéal, et le mieux encore c'est de le laisser aller. Mais afin que rien ne contrarie sa marche, il est nécessaire d'aviser à ce que du moins il y ait sur terre, entre les hommes, une image de l'ordre et de l'harmonie qui existe entre tous les autres êtres, et de faire en sorte que, par des lois positives, des relations sociales soient établies et qu'on évite de les enfreindre. L'on ne saurait trop s'attacher à les faire respecter; et comme de là il résulte des obligations pour certains individus, et que de l'accomplissement de ces obligations dépend précisément l'existence des relations sociales, nous avions raison de dire qu'on devait, avant tout, veiller à ce que les obligations s'accomplissent; et nous répétons ici que c'est là une considération qu'on doit faire passer en première ligne, que toute autre doit être placée au second plan, et nous maintenons que cette règle, tenant à l'essence même de la société, ne peut qu'être générale et ne saurait souffrir aucune exception.

Et une conséquence à en tirer, c'est que l'accomplissement de l'obligation n'étant parfait et réel, qu'autant qu'il est entier, il faudrait qu'il eût toujours lieu de cette manière, et que cela fut posé comme une règle aussi sans exception.

La première application, la plus simple et la plus facile, se présente lorsque, dans l'obligation, il n'y a qu'un seul créancier et un seul débiteur, alors même il n'y a aucune espèce de considération à faire valoir à l'encontre. Le créancier doit, en définitive, recueillir tout le profit. Le débiteur doit aussi, en définitive, supporter toute la charge de l'obligation, puisqu'il est seul pour l'accomplir, et qu'il faut qu'elle soit accomplie dans sa totalité. Il n'y a donc, pour que le paiement entier ait lieu, qu'à attendre l'époque de l'exigibilité de la dette.

Mais il peut se faire qu'avant l'exécution du contrat

une des parties vienne à mourir, et qu'ainsi le nombre, soit des créanciers, soit des débiteurs, se trouve augmenté de quelques personnes, et alors si l'un des créanciers reçoit, si l'un des débiteurs paie la totalité, ce ne peut être que par une mesure provisoire, chacun des héritiers n'étant appelé à ne prendre que sa part dans les créances et à ne contribuer également que pour sa part dans les dettes; mais cette mesure, toute provisoire qu'elle est, n'en est pas moins la seule à adopter, car seule, elle rend possible l'accomplissement intégral de l'obligation. Si l'on confiait à tant de mains le soin de ces sortes de choses, il y en aurait de malhabiles, il y en aurait de mal disposées, de sorte qu'il y aurait toujours quelque partie qui viendrait à manquer, ce qui fait qu'on n'atteindrait jamais au résultat que pourtant il faut rechercher avant tout. Que si la mort des contractants changeait ainsi l'effet de leurs conventions, il serait possible de les altérer au moyen de circonstances qui n'auraient pas été prévues au moment de la passation de l'acte d'obligation, et où, par conséquent, le consentement des parties ne serait pour rien, lui qui doit être tout en cette matière. Les obligations qui touchent à l'existence même de la société ont besoin, comme elle, de subsister toujours, indépendamment des individus qui passent et repassent successivement sur le théâtre de la vie, c'est une condition nécessaire à la sécurité qui doit présider aux contrats, que la personne des contractants soit censée ne jamais mourir.

Et il faudrait encore appliquer notre règle, alors même que dès l'origine il y aurait plusieurs créanciers et plusieurs débiteurs. Cette réunion n'a pas eu lieu, sans doute, pour rendre moins facile l'accomplissement de l'obligation, si l'on pénètre bien dans la pensée intime des contractants, on verra qu'au contraire ils ont voulu que l'exécution de la convention s'en trouvât mieux assurée. Ce serait donc s'écarter de tous les principes reçus, que de diviser les actions qui tendent à ramener le contrat à exécution, puisqu'on s'expose par là à ce qu'une partie vienne à manquer précisément quand on tenait le plus à ce que tout fût exactement rempli. Ce serait oublier les règles du contrat dans l'intérêt de quelques uns des contractants.

Ce n'est pas pour cela que je veuille qu'on néglige de pourvoir au sort de tous; mais je prétends qu'on ne doit s'en occuper que quand le contrat se trouve lui-même sain et sauf. Ainsi quand le paiement de l'obligation a été fait, soit à un des créanciers, soit par un seul des débiteurs, qu'il y ait un recours en faveur de ceux qui ont vu leur part compromise ou excédée, rien de mieux, qu'on prenne le moyen que ce recours soit sérieux, on le doit, que même avant le paiement on accorde un délai pour que tout le monde puisse être mis en cause, et que la totalité étant fournie, chacun ne paie et ne reçoive pourtant que sa part, je le conçois encore. J'approuve toute mesure protectrice des individus qui n'entame pas, par là même, le fonds de l'obligation. Et celles qu'ici je propose me paraissent réellement suffisantes.

Et tout se ferait ainsi non seulement d'une manière juste, mais aussi d'une manière parfaitement simple. Il ne faudrait qu'un ou deux articles de loi pour bannir toutes les difficultés d'interprétation, avec lesquelles on se trouve si souvent aux prises.

Mais il n'en est pas ainsi, les dispositions de la loi actuelle sont très peu claires, elles sont très compliquées, elles sont conçues dans un tout autre sens que celui que nous présentions. En proposant nos vues à cet égard, nous avons été précisément à l'encontre des dispositions du Code civil; en même temps que nous avons cherché à établir ce que nous croyons les vrais principes, nous nous sommes trouvés avoir fait la critique de notre législation.

Voyons donc comment elle est conçue.

CHAPITRE PREMIER.

RÈGLES GÉNÉRALES.

D'abord, quant à ce qui concerne le cas où il n'y a qu'un seul créancier et un seul débiteur, il n'y a aucun reproche à faire à la loi. Les principes sont ici observés dans toute leur rigueur, la loi proclame hautement, qu'en pareil cas, nul créancier n'est tenu de recevoir un paiement partiel. L'art. 1220 est formel à cet égard, cet article contient la règle. Il y en a d'autres aussi qui en marquent l'application, l'art. 1244, quant à ce qui concerne le paiement, et l'art. 1258, § 3, quant à ce qui concerne les offres de paiement.

Toutefois, ce principe n'est pas toujours observé avec exactitude, il y a quelques circonstances dans lesquelles on s'en écarte.

Avant tout il y a là comme ailleurs la dérogation résultant de la volonté contraire des parties, et cette volonté peut résulter, soit du libre accord des contractants au moment de la passation de l'acte, soit du libre acquiescement du créancier à ne recevoir par la suite que des paiements partiels.

Et la loi nous donne comme exemple de ce dernier cas la disposition de l'art. 1290, laquelle a trait à la compensation, mode d'extinction de la créance qui s'opère quand une personne débitrice d'une autre devient sa créancière, et qui a lieu d'après l'article cité, lors même que les dettes sont inégales. Alors la compensation éteint la plus faible dette jusqu'à due concurrence, ce qui fait que la dette se trouve acquittée par divers paiements, dont l'un est la compensation et l'autre le paiement effectif de l'excédant; et c'est bien la convention des parties qui a produit ce résultat, car il a fallu qu'elles s'entendissent opérer le nouveau contrat qui a mené cette division dans l'accomplissement de la première obligation.

Et même l'exécution partielle a lieu en certains cas sans la volonté des parties. La loi l'autorise quelquefois de sa pleine autorité, ce qu'elle a fait dans l'art. 1244, § 2, où elle permet aux juges de prendre en considération la position du débiteur, et de lui accorder des délais modérés pour le paiement, des délais, dit la loi, de sorte que le juge en a plus d'un à sa disposition et qu'il peut non seulement retarder, mais encore diviser l'accomplissement de l'obligation.

Ainsi l'on voit déjà percer l'esprit de la loi, qui est de donner aux dettes un caractère divisible autant que possible. Et cet esprit qui tout à l'heure ne faisait que se montrer quand le nombre des contractants était aussi restreint que possible, domine au contraire quand le nombre des contractants vient tant soit peu à s'augmenter ; et alors la divisibilité, simple exception dans le premier cas, devient un principe général dans le second, un principe applicable en toute circonstance, et dont il n'est pas difficile de bien faire sentir les effets.

Ainsi, quand il y aura plusieurs créanciers, chacun ne pourra réclamer que sa part au débiteur, et quand il y aura plusieurs débiteurs, le créancier ne pourra également réclamer que sa part à chacun d'eux, et cette part, soit dans les bénéfices, soit dans les charges, est proportionnée au nombre des personnes, et chaque contractant se trouve entrer par là dans l'obligation pour ce qu'on appelle sa portion virile ; le tout à moins qu'il n'y ait dans le contrat une clause spéciale pour établir un autre mode de répartition.

C'est là la règle de droit, corroborant le principe général, qu'il faut poser à cet égard, car tout dans la loi se ramène à elle, tout a pour but dans le Code de la faire respecter et maintenir, tout ce qui pourrait la compromettre doit être soigneusement écarté.

Ce serait au moyen de faits survenus à l'un des contractants, que l'application de la règle pourrait être négligée, c'est en ce qui les concerne que des mesures de précaution doivent être prises. Elles sont susceptibles de se résumer ainsi, savoir : que chaque contractant n'ayant agi que pour soi, rien de ce qui arrive à l'un d'eux ne rejaillit sur l'autre ; et ce, non seulement à l'égard des actes purement personnels à chacun ; mais aussi à l'égard de ceux qui touchent au fond du droit lui-même.

Ainsi chaque créancier n'ayant droit d'exiger que sa part, n'a également droit à en recevoir qu'une partie, et le paiement qu'on lui ferait de la totalité serait regardé comme non avenu en ce qui excède sa part.

De même, chaque débiteur n'étant obligé que pour sa part, si l'un paie au delà, les autres débiteurs seront sans doute libérés vis à vis du créancier, mais c'est parce qu'une personne étrangère à la dette les eût également libérés ; et si les autres débiteurs s'étaient opposés à ce paiement de la part de leur coobligé, ce dernier n'aurait pas plus de recours contre eux que s'ils eussent été étrangers à la dette.

Tout autre acte qui se rapprocherait du paiement et tendrait comme lui à la libération, ne pourrait de même être étendu, quant à ses effets, à d'autres personnes que celles de qui l'acte émanerait.

Ainsi la novation équivaut à un paiement. Elle constitue, en effet, un avantage à celui pour qui elle a lieu, puisqu'elle lui confère le droit à une nouvelle obligation à la place de celle qui, primitivement, existait pour lui. Eh bien ! quand il y a plusieurs créanciers et plusieurs débiteurs, cet avantage n'est pas plus communicable de l'un à l'autre, que celui qui résulte du paiement.

Si donc un seul des créanciers consentait à une novation pour la totalité de ce qui est dû, tant à lui qu'aux autres créanciers, la novation serait nulle pour cet excédant.

De même, si un des débiteurs se soumettait à une novation pour la totalité de ce qu'il doit avec d'autres personnes, la novation sans doute aurait ses effets comme le paiement, mais le débiteur n'aurait pas de recours contre ses conjoints, si ceux-ci s'étaient opposés à la novation.

On peut encore citer la compensation, laquelle est aussi assimilée au paiement, et pas plus que lui, ne peut quand elle émane de l'un des contractants ou qu'elle lui est opposable, atteindre les autres. C'est un mode d'extinction de l'obligation primitive qui a lieu par suite de la qualité de débiteur, qu'a prise, relativement à une nouvelle obligation, le créancier primitif, ou par suite de la qualité de créancier qu'a prise le premier débiteur. Et c'est un effet qui aura lieu dans la circonstance où nous nous sommes placés, que si la compensation est opposable à un créancier, elle ne sera opposable qu'à lui seul, et que si un des débiteurs peut l'invoquer, lui seul en aura le droit.

S'il en est ainsi pour les actes postérieurs au contrat et qui touchent au fond du droit lui-même, il en doit être de même, à plus forte raison, des actes purement personnels aux contractants, par exemple, l'incapacité survenue à l'un des créanciers et l'insolvabilité qui est venue frapper un des débiteurs.

Et le principe que nous avons proclamé, et la règle de droit qui le confirme, et les mesures prises pour que l'application s'en fasse, sont partout en vigueur. La loi n'a même pas fait exception quand il s'agissait de sociétés, et là encore les contrats passés par l'un des associés ne regardent que lui seul. Les tiers s'ils sont engagés, n'ont d'autre créancier que celui avec qui ils ont traité, les tiers s'ils ont engagé un associé, n'ont également que lui pour débiteur (1862). Les tiers agissent comme s'il n'y avait pas de contrat de société, ils sont censés ne pas le connaître. Il ne pourrait d'ailleurs les obliger, il est pour eux *res inter alios acta*. Les associés

auront ensuite ou n'auront pas à s'arranger entre eux.
Ce sera comme ils le jugeront convenable ou plutôt
comme ils en seront convenus à l'origne.

Et ce n'est pas seulement lorsqu'il y a dès le commencement plusieurs créanciers et plusieurs débiteurs,
que tous ces effets se produisent. Il en est encore ainsi,
lorsque l'obligation ayant été passée entre un seul créancier et un seul débiteur, l'un ou l'autre vient à mourir
en laissant plusieurs héritiers. La loi décide, d'une manière formelle, qu'alors la dette se divise entre les héritiers (art. 1220).

Ainsi le créancier ne pourra demander à un des héritiers du débiteur que sa part dans la dette, eu égard
à la part qui lui revient dans la succession.

Et de même chaque héritier du créancier ne pourra
demander au débiteur qu'une part dans la dette, proportionnée à celle qui lui revient dans la succession.

Et cette division doit encore s'opérer si la succession
du créancier et du débiteur se partage en souches. Il faudrait alors établir une subdivision des dettes et des créances entre les représentants de chaque souche.

Et cette règle est générale, elle frappe aussi bien les
héritiers bénéficiaires que les héritiers purs et simples.

Et c'est de plein droit que la division s'opère, il n'est
pas besoin d'attendre qu'un partage ait eu lieu. Le partage n'est nécessaire que pour les choses qui ont une
assiette matérielle ; en effet, tout retranchement comme
toute augmentation, toute division comme toute multi-
plication s'opère sur des chiffres qui, n'ayant aucune
valeur par eux-mêmes, peuvent parfaitement être mis
en relation avec les parts purement intellectuelles que

la loi établit ; lesquels chiffres pourtant étant faits pour servir de signe à toute espèce de valeur, en général, peuvent aussi exprimer la valeur spéciale des parts matérielles à prendre sur les biens : or, la réduction en chiffres n'étant pas faite tout d'abord sur les biens matériels, il faut l'opérer au moyen d'un partage ; mais tout se trouvant relaté d'une manière expresse quand il s'agit d'obligation, aucun partage n'a besoin d'être effectué, puisqu'il n'arriverait qu'à un résultat que l'on possède déjà. Il est vrai que les obligations peuvent avoir pour objet non seulement de l'argent, mais aussi des meubles ou des immeubles, et alors il faudra bien que ces meubles et ces immeubles soient partagés comme tout ce qui fait partie de la succession ; oui sans doute, mais en ce cas l'obligation ne sera plus en cause, on ne considérera plus que ces biens en eux-mêmes : et alors, de deux choses l'une, ou ils sont dans l'actif de la succession, et on les partage sans s'inquiéter comment ils s'y trouvent ; ou ils font partie du passif, et il en sera comme de tout ce qui y est étranger, on n'y aura aucun égard.

Il est vrai qu'il y a toujours l'obligation de livrer, qui se divise, elle aussi, entre les héritiers ; mais aujourd'hui les contrats transférant la propriété et pouvant donner lieu à une action réelle contre les détenteurs, les créanciers préféreront toujours prendre cette voie.

La part dont les héritiers profitent dans les créances, la part dont ils sont tenus dans les dettes, est celle dont la loi les saisit dans la succession, c'est ainsi que s'exprime l'art. 1220. Cet article paraît cependant contraire à l'art. 873, où il est dit que les héritiers sont tenus des dettes de leur auteur , *personnellement* pour leur part et portion, ce qui semblerait faire croire que les héritiers sont tenus pour leur portion virile ; mais l'art. 1220 établit au contraire, en principe général , que les héritiers doivent seulement la part pour laquelle ils représentent le défunt ; et l'art. 873 n'en devant contenir qu'une application relativement au paiement des dettes , ces deux articles ne sauraient être en contradiction , et il est facile , en effet , d'expliquer la contradiction apparente qui résulte du mot *personnellement* de l'art. 873. Ce mot a dû être mis là pour être opposé au mot *hypothécairement* qui vient après, la loi a voulu dire que les héritiers pouvaient être soumis à l'exercice de la voie hypothécaire comme à l'exercice de toute autre. Et quand on oppose les autres actions à l'action hypothécaire, on dit ordinairement qu'on a l'action personnelle. Et ainsi, la combinaison des termes mêmes de l'art. 873 , éclaircit la difficulté qui paraît naître de l'un de ses termes pris isolément.

Les héritiers dont nous parlons , ne sont que les héritiers du sang. Le titre d'héritier , de continuateur de la personne n'appartient qu'aux parents du défunt. Tout autre individu qui serait appelé à recueillir les biens , n'aurait que la qualité de légataire , et simple successeur aux biens, ce serait seulement à raison du profit qui doit lui revenir , qu'il serait appelé à exiger les créances et à payer les dettes.

Quant aux héritiers bénéficiaires , ils ne contribuent aux dettes, comme les légataires , que jusqu'à concurrence de l'émolument qu'ils retirent de la succession ; mais ils peuvent, comme les héritiers ordinaires , réclamer les créances eu égard à leur part héréditaire.

Tel est le droit actuel, telle est la règle générale qu'il consacre. Toute autre disposition qui y serait contraire, ne peut être regardée que comme une exception. La loi est formelle à cet égard. Quelles sont donc les causes de ses dispositions que nous avons dit n'être pas bien conformes aux principes rigoureux du droit? c'est ce que nous allons examiner.

CHAPITRE SECOND.

DES CAUSES QUI ONT FAIT INTRODUIRE CES RÈGLES.

Pour entreprendre ce travail d'une manière même incomplète, pour arriver à ne faire même qu'une esquisse, il est nécessaire de remonter haut dans l'histoire de l'humanité. Ce tout petit sujet qui nous occupe n'a pas été étranger au grand mouvement des idées et des faits qu'ont à examiner les philosophes et les historiens, et dont parfois aussi doivent se pénétrer les jurisconsultes, s'ils tiennent à se rendre compte des choses, s'ils ne veulent pas se soumettre en aveugles à des décisions législatives qui, émanant de l'homme, ne sauraient être regardées comme parfaites, que pourtant on semble considérer comme telles, quand on n'en discute pas l'origine, et qu'en effet la plupart des auteurs ont l'air d'adopter avec un respect religieux comme de belles merveilles qui seraient un beau jour tombées du ciel.

Or, pour quiconque a observé avec soin les événements historiques et a cherché à en démêler les causes, au milieu de tous les effets extérieurs qui apparaissaient à sa vue, il est évident que l'être collectif qu'on nomme humanité, a passé par les mêmes phases que les êtres spéciaux qui composent chacune des individualités humaines, qu'il y a eu pour l'humanité un âge d'enfance, de jeunesse et de virilité, qu'il y aurait aussi pour elle un âge de vieillesse et de décrépitude, si au moment où l'humanité paraît défaillir, ou ayant procuré tout ce qu'elle était susceptible de fournir par elle-même, le progrès par elle n'est plus possible ; le progrès n'intervenait par la divinité qui, s'emparant alors de nous, nous met plus directement en communion avec elle, et réalise par nous de ces œuvres qui semblaient impossibles, et l'étaient, en effet, avec les seules forces humaines.

Partant donc d'un pareil point de vue, tout devient clair et s'explique de la manière la plus naturelle.

A l'époque où l'humanité n'en était qu'à son enfance, il en était d'elle comme de tous les êtres dont la raison n'est pas développée ; elle ne pouvait marcher par elle-même, elle avait besoin d'un secours étranger, il fallait qu'elle fût sans cesse assistée par la divinité. Ce besoin, elle le sentit ; mais comme elle était peu éclairée, elle le comprit mal ; obligée de recourir plus haut pour agir, elle ne sut pas réfléchir sur elle, elle ne reconnut pas la puissance propre qui lui appartenait, elle se confondit dans la puissance supérieure qu'elle invoquait à tout moment, et même encore, et toujours par suite de son défaut d'intelligence, elle méconnut cette puisssance suprême, elle ne la vit que dans la nature physique, elle ne sut l'adorer que dans les éléments, elle la confondit enfin avec eux et ne se la représenta plus en dernier lieu que sous des images matérielles, sous des symboles extérieurs : la religion ne consista que dans des actes qui pussent y concorder, et toute vie individuelle ne fut plus qu'un acte religieux continuel, l'humanité n'avait pas alors conscience de sa force.

Mais plus tard elle fait un pas en avant ; ce secours surnaturel, qui ne lui a jamais manqué, qu'elle voit faussement à l'extérieur, mais qui n'en agit pas moins intérieurement sur elle, la fait pourtant marcher un peu. Après avoir long-temps regardé dans le ciel et sur la terre les objets étrangers à eux, les hommes se trouvant plus nombreux, et par là plus souvent en présence les uns des autres, s'avisèrent enfin de chercher un appui chez leurs semblables. Jusqu'ici ils avaient vécu en famille, maintenant ils se constituèrent en nations ; mais alors il y eut le même défaut que tout à l'heure nous avons signalé, c'est que là encore l'homme lui-même fut oublié. L'idée d'humanité ne compta pour rien dans le monde, eu égard aux relations des peuples les uns vis-à-vis des autres ; l'idée d'individu fut écartée en ce qui touchait les relations entre eux des membres d'un même peuple pour faire place à celle de citoyen, l'homme fut absorbé dans la cité comme auparavant il avait été dans la divinité ou plutôt dans la nature ; l'homme s'était constitué un grand tout auquel il savait se rattacher, mais dont il ne se distinguait pas bien comme partie ; et le grand tout, c'était pour lui la patrie et la religion.

L'influence de ces deux principes se faisant partout sentir, dut s'exercer même dans les actes les plus simples de la vie humaine, même dans les contrats que les particuliers avaient à passer les uns avec les autres, il fallait que dans ces contrats on sentît la présence du peuple ou de la divinité, il fallait qu'ils eussent lieu, soit dans l'assemblée publique des membres de la cité, soit avec des solennités qui en tinssent lieu, soit avec des symboles qui marquassent le rôle que la religion devait remplir.

Et comme alors la cité et la religion étaient tout, qu'elles paraissaient attachées à ces formes, on devait rechercher, avant tout, l'accomplissement de ce à quoi ces formes conduisaient; et comme l'individu n'était compté pour rien, on chercha cet accomplissement sans se préoccuper des individus qui avaient contracté, sans songer à ce qui en résultait pour eux.

Ainsi, on ne s'inquiétait pas des avantages ou des inconvénients qui provenaient de là, soit pour le créancier, soit pour le débiteur; on n'avait aucun égard à ce qui les concernait, et par conséquent les raisons d'équité n'étaient point examinées, elles n'auraient eu trait qu'aux personnes des contractants, lesquelles n'entraient point en considération.

De même puisque toutes les considérations de personnes étaient écartées, on ne se mettait pas plus en peine de leur nombre que de toute autre chose qui pouvait les toucher; l'accomplissement de ce qui avait été contracté étant requis en première ligne, et les personnes étant mises tout à fait de côté, on pouvait, avant tout, rechercher sur elles l'accomplissement de l'obligation, on n'avait à s'occuper que de préparer une exécution pleine et entière. L'effet de l'exécution, quant à ceux qui devaient la procurer, était déterminé par le caractère qu'en soi possédait l'obligation.

Or, ce qui constituait l'obligation étant un symbole,

et les symboles n'étant autre chose que la représentation d'une idée, et les idées, à ces époques grossières, se confondant avec la représentation matérielle qui en était donnée, il en devait résulter que toutes les choses qui sont de la nature des idées se rapportassent à leurs symboles. Donc, puisqu'une idée est essentiellement indivisible, il fallait que les symboles fussent également indivisibles, et par suite que les obligations auxquelles les symboles donnaient naissance, et qui n'avaient de vie que par leur moyen, ne fussent également soumises à aucune espèce de division, car autrement c'eût été porter atteinte à l'idée qui avait donné naissance au contrat. L'idée religieuse et patriotique absorbant tout, on se serait bien gardé, dans l'intérêt des particuliers, de faire quoi que ce soit qui parût aller un peu à l'encontre de cette domination exclusive qu'exerçaient la patrie et la religion.

Nous pouvons donc poser hardiment cette règle : qu'à l'origine, les personnes, en ce qui regarde les conventions, n'étant comptées pour rien, le nombre des contractants importait peu et que l'accomplissement du contrat étant avant tout requis, un seul créancier pouvait l'exiger d'un seul débiteur.

Et ce dut être là le droit primitif des Romains. Rome ayant été fondée à une époque peu avancée, où l'humanité n'en était encore qu'à son enfance, on retrouve chez elle, pour les contrats qui se passaient dans son sein, l'emploi de toutes les formalités dont nous venons de parler, et par suite on doit encore y retrouver toutes les conséquences que nous avons dit en résulter.

Toutefois, si ce fut là le droit primitif de Rome, il ne

se maintint pas toujours tel ; les hommes dont la nature ,
aidée de la providence divine , est de toujours aller en
avant, et qui , grâce en effet à la providence , ne cessent
de marcher dans la voie du progrès , ne pouvaient rester
ainsi sous le règne des symboles. Ce n'étaient là que des
hochets d'enfant sur lesquels s'exerçait leur intelligence
naissante , mais qui la retenaient captive dans un cercle
étroit qu'il leur fallait franchir un jour , car ce n'était
pas là l'horizon véritable que Dieu avait posé aux inves-
tigations de l'esprit humain. A une certaine époque de
son histoire , on voit chaque peuple qui se sent mal à
l'aise dans la situation qui lui est faite et aspire à un état
nouveau. C'est l'humanité qui a conscience de la force
qui est en elle, et veut enfin aller un peu plus par elle-
même, c'est le moment où les symboles perdent de leur
empire , où apparaissent les législateurs avec des règles
écrites , où notre âge de virilité devant bientôt éclore ,
annonce les principes que la raison humaine doit tirer
d'elle pour le gouvernement des sociétés , par les formules et les textes qui viennent s'implanter dans le
monde.

Les Romains, de même que tous les autres , durent
passer par là , et même y arriver avant les autres. For-
més comme ils l'étaient d'un ramassis de peuples divers ,
d'une foule d'individus pris partout , dans les conditions
les plus basses et les rangs les moins honorables , ils
étaient moins faits que d'autres pour se complaire dans
ce joug sacré, n'étant pas , par suite de leur caractère et
de leur conduite , très portés aux sentiments religieux ,
qui seuls pouvaient rendre ce joug respectable. Ils l'auraient probablement secoué bien vite , si les principes sur

lesquels il reposait n'avaient pas été un moyen de domination pour une certaine classe. Les personnes de cette
classe, afin de conserver leur pouvoir, firent donc tout
ce qu'elles purent pour que le peuple restât soumis à
toutes ces formes solennelles, le peuple lutta avec force
contre l'aristocratie qui voulait l'asservir, à la fin il l'em-
porta, et il obtint une loi écrite, qui est celle des Douze
Tables.

L'établissement de cette loi mérite d'être signalé : alors
c'est le peuple qui commence à manifester une pensée
indépendante, et c'est, en effet, entre autres choses,
l'affranchissement de certaines rigueurs dans les contrats
qui est obtenu, auparavant il y avait à suivre, ainsi que
nous l'avons dit, des formalités particulières, lesquelles
étaient accompagnées de paroles solennelles. La loi des
Douze Tables, tendant à assurer un plus grand rôle à la
personnalité humaine, s'efforça de n'y conserver que ce
qui y avait trait, c'est-à-dire les paroles, et elle déclara
expressément que les paroles seules suffisaient pour constituer une obligation : *Uti lingua nuncupassit ita jus esto*
(Tab. 6).

Puis donc qu'on s'en prenait aux formalités, qu'on
cherchait à en diminuer la sévérité, on devait aussi rejeter quelques-unes des conséquences qui en provenaient,
or, une de ces conséquences étant l'indivisibilité dans
l'exécution du droit; cette indivisibilité dut perdre consi-
dérablement de son importance. Alors on ne pouvait comprendre, on n'a pas même compris depuis, que là étaient
les véritables principes; ne considérant pas les choses
en elles-mêmes par suite des préoccupations dans lesquelles on était plongé, on n'y vit que la suite d'un sys-

tème rigoureusement formaliste, qu'on cherchait à rejeter comme convaincu de tyrannie, et on ne voulut pas
plus de l'effet, que de ce qui en était regardé comme la
cause.

Aussi la loi des Douze Tables ne se borna pas à poser
le principe que les conventions étaient suffisamment constituées par le moyen des paroles, elle voulut aussi, par
une suite toute naturelle, que les paroles n'engageassent
pas au delà de ce qu'elles avaient eu en vue de régler,
eu égard à ceux qui les avaient prononcées. La considération des personnes ayant dès lors pris quelque puissance, ce ne fut plus qu'aux personnes contractantes
qu'on appliqua dans toute sa rigueur la valeur des
termes qui avaient été employés, et comme les personnes
qui succédaient aux contractants n'avaient rien dit dans
le contrat passé par leur auteur, elles ne furent pas
obligées de la même façon que lui, et l'on déclara que
les dettes et les créances se divisaient entre les héritiers. *Nomina inter hæredes ercta cita sunto* (Tab. 5.).

Ainsi, voilà des résultats certains obtenus par la loi
des Douze Tables, et il faut pénétrer ainsi que nous
l'avons fait, dans l'intimité du droit, pour voir que ces
lois ont été réellement un affranchissement ; car à l'extérieur rien ne paraît changé, les choses semblent marcher sur le même pied qu'auparavant, sur le même pied
de rigueur ; ce qui fait que bon nombre d'historiens,
parce qu'ils n'étaient pas jurisconsultes, n'ont pu s'expliquer pourquoi ces lois avaient été tant désirées par
les tribuns, et si bien accueillies par le peuple. Tout
s'explique au contraire, quand on porte sur toutes les
dispositions de la loi un examen juridique, et qu'on les

voit à cet égard se distinguer d'une manière tranchée
du système qui était d'abord en vigueur. Et on comprend aussi que fournissant un aliment aux discussions
judiciaires, elles devaient plaire à une nation telle que
celle des Romains, la Normande de l'antiquité, a dit
Michelet, qui était avant tout disputrice et chicanière
dans ses procédés, tant à l'égard des étrangers, qu'à
l'égard de ses propres membres; on sait alors pourquoi
tout se trouva combiné pour la satisfaire; et comment
par le fait une immense révolution s'opéra, et par quels
moyens un peu de progrès commença à se réaliser; et
comme tous ces points ont été fort peu éclaircis, nous
avons cru devoir insister en ce qui les concernait.

Ce fut donc désormais par des textes que le peuple
romain en général fut régi, et par des formules que se
régirent les relations des particuliers.

Mais le progrès ne s'arrêta pas là, ç'eut même été peu
de chose s'il se fut borné à ces simples effets. Tout
changement ne se produit pas de suite avec toutes ses
conséquences; et si à l'époque où nous sommes arrivés,
des paroles suffirent pour constituer une obligation, on
exigea de la solennité dans ces paroles, et des termes
sacramentels furent requis dans ces obligations d'un
nouveau genre qu'on appela stipulations. Ce fut plus tard
seulement, et par de nouvelles dérogations au droit primitif que la nécessité de cette solennité dans les termes
devint moins grande, qu'on en vint même jusqu'à décider
dans certains cas, qu'un simple consentement quoique
non verbal, suffisait pour rendre un contrat valable; mais
on n'en vint là que par la suite des temps; la stipulation resta longtemps comme forme exclusive des con-

ventions, ce qui fait que beaucoup de dispositions qui,
en droit romain, n'ont été émises que comme applicables
à cette espèce particulière, doivent être étendues à tous
les contrats en général.

Et quand les choses en furent venues là, les symboles
ayant disparu de plus en plus, les formules, elles-
mêmes, étant devenues de moins en moins fréquentes,
on se rattacha aussi de plus en plus à l'intention, on la
chercha même sous les formalités de la stipulation.

Et de même que l'affranchissement des symboles avait
commencé à diminuer cette charge imposée à chaque
débiteur, de payer le total de la dette, et cet avantage
conféré à chaque créancier de pouvoir exiger pour son
compte le paiement de ce total ; de même on vit toute
espèce de traces de ce droit primitif disparaître d'une
manière complète, quand les formules elles-mêmes ne
dominèrent plus d'une manière aussi exclusive. Alors ce
ne furent plus seulement les personnes étrangères à la
prononciation de la formule qu'on voulut exempter des
effets rigoureux qui y étaient d'abord attachés, ce furent
aussi les personnes qui avaient prononcé ces formules
qu'on chercha à prémunir. La loi des Douze Tables
n'avait songé qu'aux héritiers des contractants, ceux
qui vinrent après apporter des réformes, songèrent aux
contractants eux-mêmes. On chercha dès lors leur intention sous la parole qu'ils prononçaient, on se préoc-
cupa du but qu'ils avaient en vue, du résultat qu'ils
voulaient atteindre. Or, quand il y a plusieurs créanciers et plusieurs débiteurs, le résultat définitif que l'on
se propose : c'est que chacun ait une part égale à celle
des autres dans le profit à acquérir et dans la charge à

supporter ; on décida donc, en principe, par suite de
cette considération, que les obligations devaient se diviser en autant de parties qu'il y avait de personnes qui
avaient stipulé ou promis, de telle sorte que chaque
créancier ne put plus demander, et que chaque débiteur ne dut plus payer que sa part virile.

Et ce qui fut décidé à l'égard des stipulations, le fut
également pour les contrats d'une autre nature, où
le simple consentement était requis, lesquels, moins ri
goureux dans leurs formes, devaient être au moins aussi
peu rigoureux dans leurs effets. Au reste nous avons dit
que les règles relatées pour les stipulations s'appliquaient
aussi bien à tous les contrats.

Et nulle de ces règles ne provint de nouvelles dispositions législatives. En général, ce n'est point de cette
manière qu'à Rome s'exécutèrent les changements qui
furent apportés dans le droit civil. Le peuple avait
assez à faire à régler dans les comices tout ce qui avait
trait à ses relations avec les autres peuples, et tout ce
qui concernait l'intérêt général de l'état ; quant aux intérêts privés, le principe régulateur étant une fois posé
dans la loi des Douze Tables, on s'en remit pour les
développements à y apporter à ceux qui étaient chargés
d'interpréter la loi, et qui, n'étant contrôlés en rien
purent non seulement apporter des développements,
mais aussi des modifications souvent fort graves.

Les personnes chargées de cette mission étaient de
deux sortes : les unes avaient à appliquer la loi dans la
pratique des affaires, c'étaient les magistrats, les autres
à en expliquer la théorie, c'étaient le corps des jurisconsultes. Les uns et les autres par des motifs différents, se

rencontrèrent sur le terrain actuel, et admirent également le principe de la division des dettes entre les créanciers et les débiteurs.

Les magistrats appelés à juger les procès des particuliers ne pouvaient que favoriser cette tendance, ces magistrats étaient tout spéciaux, on les appelait préteurs.
N'ayant à s'occuper que de la justice, ils la rendirent
mieux que ces autres magistrats auxquels ils succédaient,
et qui n'en faisant qu'un objet particulier de leurs occu-
pations, la regardaient un peu comme accessoire, et
ayant à pourvoir dans le reste de leurs attributions à l'intérêt général, y subordonnaient un peu trop la justice
qui a besoin pour être réelle, de n'être constituée la
servante d'aucun pouvoir politique. Les préteurs ne s'y
trouvant pas mêlés par leurs fonctions, demeurèrent indépendants, et n'eurent à songer qu'aux affaires qu'ils
avaient à juger ; ce but étant donc pour eux le seul à
atteindre, ils examinèrent mieux les choses en elles-
mêmes, ils s'attachèrent davantage à l'équité, et par
suite en ce qui touche les contrats, ils s'attachèrent
plutôt à l'intention des parties ; et l'intention de chaque
créancier étant de recueillir une part du profit, et l'intention de chaque débiteur de supporter aussi une part
dans la charge, le préteur qui voulait se conformer à
leurs vues, ne permit ni n'exigea rien au delà.

Mais ce n'étaient là que des décisions diverses rendues
dans des cas particuliers, il en était là comme dans
toutes les autres circonstances où les choses existent
en fait avant d'être mises en maximes écrites. Elles
restèrent ainsi, pendant un certain temps, à l'état de
simples solutions juridiques. Ce ne fut que plus tard

qu'on les coordonna en système, qu'on énonça le tout en un principe général , et ce fut là l'œuvre des juris-consultes, et ce qu'ils firent mérite d'être signalé.

A l'époque où ces derniers exercèrent leur influence , a civilisation avait fait un pas immense , on en était rendu à ces temps où l'humanité étant enfin parvenue à se comprendre , se sent la force de marcher par elle-même , et veut agir en vertu de principes qu'elle ait conçus ; et l'on n'ignore pas quels principes furent alors proclamés, et à quelles idées on se laissa aller.

L'homme à l'origine ainsi que nous l'avons dit , s'était absorbé dans la nature. Le premier acte de son indépen-dance fut de chercher à s'en distinguer : ce fut sur lui-même qu'il porta ses nouvelles observations , Γνωθι σεαυτον , ce fut là le principe auquel il s'attacha , prin-cipe que Socrate avait cherché à faire prédominer , et au développement duquel ses successeurs travaillèrent , mais alors par une réaction inévitable dans les choses humaines, l'homme qui d'abord s'était confondu dans la nature, se replia tellement en lui-même, qu'il traita la nature en ennemie; c'était là le fonds de la philosophie stoïcienne et toutes les sectes spiritualistes de l'antiquité finirent par y aboutir ; et lorsque les jurisconsultes de Rome se mirent en rapport avec tous ces systèmes, ils suivirent la pente générale des esprits, firent prévaloir le stoïcisme dans leurs ouvrages , et ainsi prédominer dans le droit.

Nous rappelons ces faits, parce que, suivant nous , ce fut par une conséquence naturelle des doctrines stoï-ciennes que fut admise comme règle générale, la divisi-bilité des dettes et des créances. L'indivisibilité qui

existait auparavant, tenait à des causes étrangères à la
volonté des contractants ; la volonté des contractants
était la seule chose à examiner pour ceux qui voulaient,
avant tout, et là comme ailleurs, faire exclusivement
régner l'élément humain. Le droit romain donc tel qu'il
sortit de la main des jurisconsultes, amené comme il
l'était à rejeter l'influence des formules dans les contrats, ne pouvait que rejeter l'indivisibilité, conséquence
de ce système, et la proscrivant en théorie, comme en
fait l'avaient proscrite les préteurs, admettre au contraire la divisibilité en principe.

Et c'est là en effet ce qui se retrouve dans les textes
de cette législation, c'est ce qu'adoptèrent non seulement
les jurisconsultes, mais aussi les empereurs dans leurs
constitutions ; on voit même que ces derniers étendirent
la règle à des cas pour lesquels elle n'avait pas d'abord
été faite, et alors elle dut en outre acquérir un caractère
de généralité qu'elle n'avait pas à l'origine. Les jurisconsultes, et les préteurs n'appliquaient guère cette mesure
comme toutes celles qu'ils prirent sous la république
qu'aux citoyens romains ; les empereurs, au contraire,
tendant à soumettre tous leurs sujets à une même loi,
étendirent à tout le monde la disposition dont nous parlons. C'est ce que prouve le rescrit de l'empereur Adrien,
qui accorda le bénéfice de division à ceux qui s'engageaient comme cofidéjusseurs dans une même dette,
puisque le contrat de fidéjussion pouvait avoir lieu entre
individus qui n'étaient pas citoyens romains.

Telle fut, quant au sujet qui nous occupe, l'influence
de la philosophie stoïcienne ; mais cette influence n'exista
pas toujours, et ce fut même quelque chose de fort heu-

reux, car cette influence eût été fatale. Grâce à elle,
l'homme s'était déclaré indépendant du reste de la nature; mais ce n'était qu'un cri de révolte qu'esclave il
avait poussé contre son maître, il fallait qu'il luttât sans
cesse contre les autres êtres, et seul contre tous, il était
trop faible pour compter sur un triomphe, il devait suc-
comber, et tout acte de courage de sa part ne fut et ne
pouvait être qu'un acte de désespoir. Les généreuses
doctrines de Zénon, qui annonçaient que l'humanité en
était déjà arrivée à son âge de virilité, devaient la conduire bien vite à sa décrépitude et à sa ruine; l'humanité
cependant avait fourni tout ce dont elle était susceptible, elle était épuisée, il n'y avait plus rien à tirer
d'elle, il fallait pour que sur elle la tombe ne se refermât
pas bientôt, que la divinité intervînt, et la divinité manifesta sa présence par le christianisme; et cette nouvelle doctrine, qui apparut tout juste au moment où le
monde allait être accablé sous une ruine immédiate, se
répandit avec une grande rapidité; on la combattit avec
fureur, elle n'en continua pas moins à se répandre. Son
influence se fit sentir même chez ceux qui la reniaient.
Elle changea jusqu'aux idées des Stoïciens qui auraient
voulu l'arrêter dans sa marche. Les jurisconsultes surtout, par un malentendu déplorable, s'étaient constitués
ses ennemis; ce n'en fut pas moins elle qui leur inspira
bon nombre de ces décisions que nous admirons encore
dans les lois romaines. Puisque de pareilles dispositions
s'y trouvent, il faut bien qu'elles proviennent d'une
autre source que celle d'où leurs auteurs les prétendaient
tirées. Le stoïcisme était incapable de fonder par lui-
même une œuvre quelconque; s'il a paru faire ici quel-

que chose, c'est que le christianisme imposa la loi même
à ses persécuteurs.

Mais lorsque le christianisme eut remporté la victoire,
il ne s'attaqua pas avec violence à la législation existante; embrassant dans ses vues le monde entier, ce
n'était pas tant au droit romain qu'il allait s'attacher
qu'au droit de l'humanité; de plus, n'étant pas une œuvre
humaine, comme tous les systèmes philosophiques ou religieux venus avant lui, il ne procéda point comme ceux-
ci par réaction contre tout ce qui l'avait précédé. Uniquement occupé à rétablir dans le monde l'harmonie qui en était
bannie, il n'exclut rien de tout ce qui s'y trouvait, mais
chercha à mettre chaque chose à sa place. Il y avait du bon
dans le stoïcisme, en ce sens qu'enseignant à l'homme une
noble fierté, il lui apprenait sa supériorité sur tous les
êtres matériels; ce qu'il y avait de mauvais, c'est que,
poussant à l'excès le sentiment de l'individualité, il avait
isolé l'homme même de ses semblables. Le christianisme
avait à opérer la réunion des hommes entre eux, tout en
maintenant leur empire sur ce qui leur était réellement
inférieur; et c'est là le but qu'il tâcha d'accomplir, ce
que pourtant il ne put tant soit peu mettre à exécution
dans les lois romaines. Il trouva là un système complet,
parfaitement organisé, il ne put, il ne voulut point l'enta-
mer, il entra seulement dans le développement des vues
saines qu'on avait commencé à réaliser; il les acheva,
comme par exemple en ce qui nous concerne, il abolit
d'une manière à peu près complète la nécessité des termes sacramentels dans les contrats : mais quant à établir des vues à lui propres, il n'y songea pas. Le temps
n'était pas arrivé, il fallait que la société romaine n'exis-

tât plus, qu'elle eût perdu son originalité sous les empereurs de Constantinople, et mieux encore, que son influence politique fût tout à fait détruite dans l'Occident par l'invasion des Barbares, qu'il ne lui restât plus que celle qu'elle pouvait avoir conservée par l'ascendant de ses lumières.

Alors l'église chrétienne qui se trouvait le seul pouvoir régulièrement établi, put introduire quelques réformes. Nous n'avons pas à nous en occuper en détail, d'autant qu'en ce qui touche à notre sujet, nous n'en avons aucune à signaler. Le droit canonique acheva bien, il est vrai, de faire disparaître les derniers vestiges du formalisme qui n'était pas encore tout à fait éteint dans les contrats ; mais quant à poser une théorie des contrats, il n'y pensa même pas. Le christianisme ainsi que l'a si bien établi Châteaubriand, n'était pas encore rendu à son âge philosophique. Lors de sa domination, à raison des bouleversements qui avaient eu lieu dans la société, l'humanité qui avait tant gagné sous le rapport moral, avait un peu reculé sous le rapport intellectuel ; on en était revenu à cette époque, où ce ne sont pas sans doute les formules qui régissent, mais où ce ne sont pas encore les principes purs qui exercent leur ascendant. On ne les comprenait pas encore par eux-mêmes, il fallait que ce fût au moyen des textes que les principes arrivassent, et même comme par suite de l'invasion des barbares, les lumières avaient été refoulées loin du vulgaire, et s'étant réfugiées seulement dans les églises, ne se retrouvaient guère que chez les prêtres, on fut souvent dans la nécessité d'employer les symboles et les formules pour se faire comprendre : ce qui, du reste, n'aboutit dans les décisions judiciaires qu'à l'application des textes. Les textes romains pour les contrats furent ceux que l'on appliqua dans les contestations des particuliers ; n'ayant, à ce sujet, rien à mettre à la place, on suivit aveuglément leur théorie ; et le principe de la divisibilité des dettes et des créances étant établi dans les textes du droit romain, ce principe fut celui qu'on adopta, il fut appliqué tant dans les pays de droit écrit que dans ceux de droit coutumier, et il a passé dans le Code civil, sans qu'on ait élevé la moindre difficulté à son égard.

CHAPITRE III.

DES EXCEPTIONS A LA RÈGLE DE LA DIVISIBILITÉ.

La règle de la divisibilité est trop contraire aux principes véritables du droit, pour qu'on ne se soit pas aperçu qu'en certaines circonstances elle les heurtait d'une manière violente, et que par suite on ne cherchât à en éviter l'application ; ce qui fait que, du moins, si la divisibilité est une règle générale, cette règle trouve encore pourtant des exceptions, et qu'il y a certains cas dans lesquels la totalité de la dette peut être réclamée par un seul créancier à un seul débiteur.

La première qu'on ait à signaler est celle qui résulte de la volonté des parties contractantes, et alors on dit qu'il y a solidarité, laquelle peut avoir lieu tant pour les créanciers que pour les débiteurs, être active ou passive pour se servir des termes consacrés ; et comme, en pareils cas, l'union des individus pour la même opération résulte de leur intention bien formelle , et uniquement de leur intention , on considère qu'ils ont formé entre eux une société ; et comme chaque contractant a encore un égal pouvoir d'agir en ce qui concerne toute la dette, on considère aussi qu'ils sont mandataires les uns des autres.

Puis donc que les contractants sont les uns pour les autres des mandataires respectifs , tout ce qui sera fait par l'un aura effet à l'égard des autres.

Ainsi , l'un des créanciers solidaires pourra seul s'adresser au débiteur pour lui demander la totalité de la dette , et les autres créanciers auront perdu le droit d'agir au principal , puisque tout contrat ne peut produire d'action pour une somme dépassant la valeur de la chose qui forme l'objet de la convention.

Et même , à l'origine , en droit romain les créanciers autres que le poursuivant n'avaient pas le droit d'intervenir dans l'instance une fois que la *litiscontestatio* avait eu lieu, car il en résultait une novation , l'ancienne obligation ne pouvait plus être invoquée , et ce n'eût été pourtant qu'à raison d'elle que le créancier non poursuivant eût pu paraître au procès.

Mais aujourd'hui, n'étant plus soumis au système formulaire , nous ne connaissons plus de litiscontestation , ni de novation qui en soit le produit. Le créancier non poursuivant aura donc au moins le droit d'intervenir , s'il n'a celui d'intenter une action nouvelle ; il avait même ce droit à la fin de la législation romaine , car à cette époque le système formulaire cessa aussi d'être en usage.

La demande en justice formée contre un débiteur ,

3

les commandements et les saisies qui lui sont signifiés, et qui interrompent la prescription d'apres l'art. 2244, l'interromprount également vis-à-vis de tous les créanciers solidaires, bien que ces actes n'émanent que d'un seul.

De même la remise faite, de même le serment déféré au débiteur par l'un des créanciers sembleraient devoir être opposables aux autres ; mais la loi a décidé le contraire (1198, § 2, 1362, § 2) sans doute, parce que de cette manière, la dette se trouverait aliénée et que d'après la règle de l'article 1988, un mandat conçu d'une manière même générale, n'emporte pas le pouvoir d'aliéner.

Et toujours par suite de la même raison on devrait décider encore que la novation faite par l'un des créanciers solidaires avec le débiteur, ne serait pas opposable aux autres créanciers.

Ce que nous disons des créanciers solidaires est encore applicable aux débiteurs solidaires. Ces derniers sont aussi mandataires les uns des autres, l'acte faite par l'un d'eux en ce qui concerne la dette, doit donc être étendu à tous, soit qu'il les favorise, soit qu'il leur nuise.

Ainsi, le paiement fait par un des débiteurs solidaires libère aussi bien les autres que lui, vis à vis du créancier (1200).

De même la reconnaissance de la dette faite par un des débiteurs, laquelle est une cause d'interruption de la prescription, l'est aussi bien contre les autres débiteurs que contre lui (2248, 2249).

Et encore si un débiteur a commis une faute qui a occasionné la perte de la chose due, cette faute retombera sur les autres débiteurs, en ce sens qu'ils sont tenus aussi bien que le délinquant à fournir la totalité du prix correspondant à la valeur de la chose qui a péri par suite de cette faute (1205).

Les contractants solidaires ne sont pas seulement mandataires les uns des autres, ils sont aussi associés comme nous l'avons dit plus haut, il en résulte que tout fait, se rattachant à la dette qui est survenu à l'un, est censé survenu à tous.

Ainsi le paiement du total de la dette peut avoir été fait à un seul des créanciers solidaires, et en pareil cas les créanciers conjoints n'ont plus rien à réclamer.

Et de même la compensation qui serait opposable à un seul des créanciers, le serait à l'égard de tous ;

Et de même encore de la prescription interrompue à l'égard de l'un des créanciers par la reconnaissance que lui aurait faite le débiteur ;

Et en dernier exemple nous citerons comme opposable, à chacun des créanciers solidaires, le jugement rendu soit pour, soit contre un seul d'entre eux.

Et quant à ce qui regarde les débiteurs solidaires, pareils résultats se présentent encore à signaler.

Comme pour les créanciers solidaires le jugement rendu, soit pour, soit contre un seul des débiteurs profite ou nuit à ses conjoints.

Le même effet aurait lieu quant à l'interruption de la prescription produite vis-à-vis d'un des débiteurs par une interpellation qui lui aurait été adressée (2249, § 1), par une poursuite qui aurait été dirigée contre lui seul (1206).

Et encore en ce qui touche la perte de la chose due,

si cette perte avait eu lieu chez un des débiteurs sans qu'il y ait eu ni de son fait ni de sa faute, mais parce qu'il est survenu un cas fortuit, ce débiteur et tous les autres se trouveront libérés.

Tous ces effets dont nous venons de parler, sont de ceux que la loi nomme ici exceptions (1208), et lorsque ces exceptions sont opposables à tous les contractants, la loi dit qu'elles résultent de la nature de l'obligation ou bien qu'elles sont réelles. Nous aurions pu citer parmi elles toutes celles qui, s'attaquant d'une manière plus directe à l'obligation, sont censées n'affecter aucun des contractants en particulier, mais frapper sans aucun intermédiaire l'objet même du contrat ; ce qui a lieu lorsqu'on n'a pas observé les conditions requises par l'art. 1108, et que pour ce motif il y a nullité absolue ; ou qu'encore on n'a pas suivi les formes voulues dans les contrats où la loi exigeait qu'il y en eût de solennelles, ou qu'on a fait ce que la loi défendait expressément. Ce sont bien là des exceptions réelles, mais nous ne devions pas en parler ; car, ainsi que nous l'avons dit, ce ne sont pas là des actes propres à un contractant. Il n'y avait pas, par conséquent, à se demander ce qui pouvait rejaillir de l'un à l'autre, car ils n'ont trait qu'au contrat en lui-même ; et, par conséquent, susceptibles de se retrouver dans toutes les obligations, ils n'avaient pas besoin d'être spécialement relatés en ce qui touche les obligations solidaires ; et enfin ce sont là de ces choses qui empêchent une convention de subsister ; on ne pouvait les comprendre au nombre des faits qui seraient postérieurs à sa passation.

La loi oppose aux exceptions réelles les exceptions

personnelles. Ces dernières sont celles qui ont trait à des faits exclusivement propres à l'un des contractants, qui ne lui surviennent pas tant à raison du contrat qu'à raison de la position particulière dans laquelle il se trouve. Ces sortes d'exceptions qui, par le fait, diffèrent beaucoup de celles que la loi a appelées réelles, ne devraient pas différer quant à leurs effets relatifs aux obligations solidaires; peu importe, à cet égard, que ce soient des exceptions personnelles, le lien de la société qui unit les contractants les uns avec les autres est tout personnel, rien de ce qui a trait aux personnes ne saurait lui être étranger.

Toutefois la loi actuelle n'est pas conçue de cette sorte, nous voyons dans l'art. 1208 que les exceptions purement personnelles à l'un des contractants ne sont point opposables aux autres. La disposition de la loi est bien formelle, il n'y a pas de doute à élever en ce qui les concerne, elle est ainsi conçue sans doute, à cause des souvenirs du droit romain qui, en effet, portait sur cette matière des dispositions conformes; mais on n'a pas fait attention que les principes du droit français étant tout opposés, auraient dû faire édicter des dispositions contraires. A Rome, en effet, la solidarité provenant à l'origine de la stipulation contrat de droit strict, alors que les contrats valables par le simple consentement n'étaient pas reconnus par le droit civil, il en résultait qu'une convention de solidarité ne pouvait pas être censée accompagnée d'une convention de société, et qu'ainsi on rejetait les effets qui eussent été attachés à cette dernière espèce d'obligation. Plus tard la société et les autres contrats consensuels furent admis dans le droit romain, mais l'habitude étant prise, la société et aucun de ses effets n'eut lieu dans la solidarité. Cependant il fut permis de convenir qu'une société aurait lieu, et il était si vrai que le rejet des exceptions personnelles comme moyen à opposer par tous les obligés, tenait à ce qu'ils n'étaient pas censés associés, que tous pouvaient opposer ces exceptions quand il était constant par l'intention bien exprimée des parties, qu'entre elles une société existait. Or le droit français supposant cette existence en principe, devait aussi admettre en règle générale les conséquences qui en découlent par la force même des choses. Le système admis par le Code civil est donc vicieux en soi; et encore, ainsi que nous le verrons, ce système n'a-t-il pas été parfaitement suivi.

Plusieurs cas se présentent, dans lesquels l'on doit dire qu'il y a exception personnelle à l'un des contractants.

D'abord on doit considérer comme telles celles qui résultent de la manière spéciale dont un des contractants se trouve engagé : par exemple ; si l'un n'est obligé que conditionnellement, et les autres purement et simplement, si l'un a pris un terme qui n'est pas accordé aux autres ; ceux-ci alors ne sauraient opposer que le terme ou la condition ne sont point arrivés.

On doit ranger encore dans la même catégorie les exceptions résultant des vices dont le consentement d'une partie est entaché, de la violence et du dol employés contre un des engagés, de l'erreur et de la lésion dont l'un aurait été victime. Les exceptions sont bornées à la personne du violenté, du lésé, etc.

Enfin sont encore regardées comme exceptions personnelles celles qui résultent d'un mode d'extinction qui n'était susceptible de se produire qu'à l'égard de celui qui l'a éprouvé. Ces sortes d'exceptions méritent d'être signalées d'autant qu'en ce qui les concerne la loi a commis certaines erreurs contre lesquelles elle aurait bien dû se prémunir.

Les exemples, à cet égard, se présentent en foule, nous avons d'abord celui que la loi nous fournit immédiatement, je veux parler du cas où il y a confusion, c'est-à-dire réunion entre les mains de la même personne de la qualité de créancier et de débiteur; alors, quand pareille chose arrive à l'un des contractants, l'art. 1209 défend aux autres de s'en prévaloir.

Au nombre des exceptions personnelles, on devrait aussi ranger la remise qui serait faite à l'un des débiteurs, car si le créancier l'a pris parmi les autres, c'est sans doute qu'il avait des raisons particulières pour cela; s'il n'a pas pris les autres, c'est probablement que ces raisons n'existaient pas d'eux à lui, du moins tout porte à le croire, puisqu'il n'a pas été question de ceux-ci. La présomption étant donc que la remise n'est que partielle, elle devrait toujours rester telle, tant qu'il n'y aurait aucun acte qui vînt établir le contraire, tant que le créancier n'aurait ni rien dit, ni rien fait, qui annonçât de sa part l'intention de faire remise à tous.

Toutefois, ce n'est pas ainsi que s'exprime la loi, et nous voyons dans l'art. 1285 que la remise faite au profit de l'un des codébiteurs libère tous les autres, à moins de réserve expresse de la part de ce créancier. La règle générale est précisément l'opposée de celle que nous aurions voulu pouvoir proclamer, et la proposition que nous semblions annoncer comme telle est précisément considérée par la loi comme une exception.

Cette disposition vient encore du droit romain, et on l'a édictée sans faire attention qu'elle n'entrait plus dans le système de notre droit français. A Rome, en effet, la remise était presque toujours regardée comme devant profiter à tous, comme constituant ce que nous appelons une exception réelle; c'est que dans les premiers temps ja remise s'opérait uniquement au moyen de l'acceptilation, et alors que tout se régissait d'après les formules, c'était la formule de l'acceptilation qui lui donnait son caractère. Or, précisément la formule était conçue en des termes trop généraux pour qu'on l'adaptât à une libération purement personnelle, la libération qui en résultait était donc profitable à tous les débiteurs. Plus tard, la remise put bien se faire au moyen d'un pacte, et alors aucune formalité particulière n'étant requise; le pacte de remise constitua, si les parties le voulaient, une libération purement personnelle; mais ce pacte ne donnant lieu qu'à une simple exception, et pouvant d'ailleurs être conçu en des termes généraux, et l'habitude étant prise d'étendre la remise d'un débiteur à l'autre, on continua de lui attribuer cet effet. Et ce qui était d'abord la conséquence de la rédaction d'une formule est devenu un point de droit précis et positif qui s'est perpétué jusque dans le Code civil.

Ce que nous disons de la remise simple doit aussi s'appliquer à la délation de serment, qui est une espèce de remise; mais là encore il y a une erreur commise par la loi. La loi regarde comme réelle l'exception qui résulte de la délation de serment, et dans l'art. 1365, § 4, elle fait profiter tous les débiteurs solidaires de la délation de serment qui aurait été faite à l'un deux. Et c'est encore là , il faut le croire , le résultat de l'influence de l'ancien droit romain. On sait qu'alors le serment en justice était fort usité , on y avait recours tant *in jure* devant le magistrat , que *in judicio* devant le juge ; et alors c'était en vertu du serment que la décision était rendue ; si c'était le magistrat qui prononçait, il le faisait à raison du pouvoir qu'il avait de donner une action. Les effets de la litiscontestation étaient donc produits , il y avait novation de l'ancien droit ; si c'était le juge qui avait à rendre sa sentence , il la rendait aussi à raison du serment qui avait eu lieu , et sa sentence produisait aussi novation ; de telle sorte que l'ancien droit était éteint. Et si d'autres individus que le défendeur se trouvaient avoir été engagés par cette obligation primitive , ils cessaient, par conséquent , d'être comptés comme débiteurs, aucun titre n'existant plus contre personne. Et cela était sans difficulté appliqué à des codébiteurs solidaires ; mais ce n'était qu'un effet de la novation judiciaire, qu'une conséquence du système formulaire ; et cette conséquence, on oublia de l'effacer , quand le système formulaire fut aboli ; et comme elle se trouvait consacrée dans le Digeste , elle a trouvé place jusque dans le Code civil.

La loi cite encore le cas de la compensation qui serait intervenue entre un débiteur et un créancier , et là, elle commet une autre méprise , celle de faire de la compensation , une exception personnelle (1294). La compensation devrait, au contraire, être regardée comme donnant lieu à une exception réelle , le fait qui l'a amenée était susceptible d'arriver tout autant à l'un des débiteurs qu'à l'autre, il n'y a en ce qui le con-

cerne rien qui soit nécessairement propre à un seul
d'entre eux, il en devrait donc être de la compensation
tout aussi bien que du paiement auquel elle est du
reste assimilée ; elle devrait pouvoir être opposée par
tous les débiteurs.

C'est encore à cause du droit romain que nos législateurs se sont, en ce point, écartés des vrais principes ;
mais cette fois ils n'ont pas appliqué mal à propos un
texte qui aurait dû être rejeté, ils ont mal interprété
celui qu'ils avaient voulu suivre ; je veux parler de la
loi 10., Dig. *de duob. reis...* Papinien, sans doute, y
excluait la compensation, mais seulement lorsque la
dette n'était point une dette de société, *si socii non sint,*
par conséquent, il l'admettait quand les codébiteurs
étaient associés ; or, précisément cette société existe aujourd'hui dans toutes les dettes solidaires, donc l'effet
qu'elle produit, quant à la compensation, devrait être
reconnu, et le Code civil a eu tort de ne pas le proclamer.

Tels sont les principaux exemples d'exceptions personnelles que nous avions à citer, et que nous tenions
à signaler, parce que la loi nous avait paru en faute,
en ce qui les concerne, tant à l'égard de la règle qu'elle
avait adoptée, qu'à l'égard des applications particulières
qu'elle en avait faites.

Toutefois, si la règle veut que les exceptions personnelles ne soient pas opposés par ceux qu'elles ne
concernent pas, toujours est-il qu'elles peuvent être op-
posées pour ceux qu'elles concernent, et alors la dette
se trouvant éteinte vis-à-vis d'eux comme s'ils avaient
payé, et un paiement de leur part ayant pu libérer les

autres ; les autres cessent également d'être obligés par le seul fait que l'exception a été proposée et admise ensuite par les tribunaux bien entendu.

Cet effet aurait lieu si c'était à celui des débiteurs qui avait une exception à opposer, que le créancier avait jugé à propos de s'adresser ; si c'était un autre qu'il avait assigné, l'obligation où se trouvait ce dernier de fournir la totalité de la dette, obligation qui subsisterait toujours, serait pourtant diminuée de la part que devait en définitive le débiteur libéré par suite de l'exception.

Mais il n'en serait pas ainsi pour ce que nous appellerions les exceptions purement personnelles, c'est-à-dire celles qui, non seulement, n'atteignent qu'une des parties ; mais n'étaient susceptibles d'atteindre qu'elle. Ce sont celles qui résultent de l'incapacité personnelle d'un des débiteurs, de sa qualité de mineur, d'interdit, etc.

Tout ce que nous venons de dire sur la solidarité peut ainsi se résumer, chacun des créanciers a le droit, et chacun des débiteurs a l'obligation de fournir le total *totum,* et ils y sont engagés personnellement *totaliter.* Ce sont là les expressions consacrées par les auteurs.

Le débiteur solidaire, assigné pour le total, ne peut quand il n'a aucune exception à faire valoir, prévenir les effets que la poursuite doit avoir contre lui. Il a seulement le droit, quand il a payé, d'exercer un recours contre ses débiteurs, et avant de payer il peut aussi les appeler de suite en garantie, mais c'est toujours lui qui doit fournir le total au créancier, et peu importe que par la suite son recours se trouve illusoire, à raison de l'insolvabilité de ses débiteurs conjoints. La loi a encore décidé que c'était aux débiteurs à supporter la perte, résultant de l'insolvabilité de l'un d'eux (1214, § 2), et c'est en effet une des différences les plus importantes qui existent entre les obligations solidaires et les obligations ordinaires divisibles.

Du reste comme il n'y a dans la solidarité qu'un lien personnel, que ce lien personnel consiste en un mandat réciproque et en une société qu'on suppose avoir été stipulée, elle ne subsiste plus quand les personnes qui s'étaient donné mandat, qui s'étaient associés n'existent plus ; car, en général, une société se termine à la mort de ceux qui l'ont contractée, et nul mandat ne se transmet aux héritiers.

L'obligation solidaire se divise donc entre les héritiers de ceux qui l'avaient consentie, alors la règle générale de la divisibilité reprend toute sa vigueur.

Ainsi les héritiers d'un créancier solidaire ne pourraient réclamer dans la dette qu'une part correspondante à celle qui doit leur revenir dans la succession, les autres créanciers ne se sont pas associés à ces héritiers, ils ne leur ont donné aucun mandat ; si on leur continuait les pouvoirs de leur auteur, on irait contre l'intention de ceux des créanciers primitifs qui restent encore, on les forcerait à donner leur confiance à des gens que peut-être ils n'ont pas connu, on leur ferait exécuter un mandat quand il ne peut plus y en avoir, on leur ferait subir les conséquences d'une société qui n'existant plus, devrait pourtant voir toutes ses opérations terminées.

Par exemple, il y a quatre créanciers solidaires pour une somme de 4,000 fr., l'un d'eux meurt laissant deux héritiers, la solidarité n'existant pas pour ceux-ci,

ils ne pourront réclamer que 1,000 fr. , somme à laquelle
leur auteur avait droit en définitive ; et même comme
ils sont deux pour partager la succession , chacun ne
pourra pas réclamer la totalité de ces 1,000 fr. , mais
seulement une fraction correspondante à leur part héréditaire, c'est-à-dire 500 fr. s'ils sont tous héritiers du
même degré.

Si c'était un débiteur qui fût venu à mourir, ses
héritiers ne devraient eux aussi payer que leur part et
portion , aucune société n'existe entre eux et les autres
débiteurs , aucun mandat ne leur a été donné par
ceux-ci.

Toutefois il existait une société avant qu'ils n'aient
succédé , il faut que les obligations qu'elle a consenties
soient accomplies ; il faut que la succession en soit char-
gée , qu'on puisse la contraindre , par conséquent, au
paiement de toute la dette ; et comme c'est au moyen des
héritiers qu'elle est mise en demeure , chacun d'eux
devra contribuer pour sa part au paiement du total de
la dette , ce que nous comprendrons facilement en prenant le cas inverse de celui que nous avions cité.

Soit une dette de 4,000 fr. à laquelle quatre personnes se sont obligées solidairement, l'une d'elles vient
à mourir laissant deux héritiers. Cette personne était
tenue de payer 4,000 fr. : la succession est aussi obligée de les payer, mais chaque héritier, à supposer
qu'ils soient tous deux du même degré, ne recueillant
que la moitié des biens, n'aura à fournir que la moitié
de la dette , c'est-à-dire ne pourra être poursuivi que
pour la somme de 2,000 fr.

Tels sont les effets principaux qui sont attachés à

la solidarité, ils ont lieu avec la solidarité qui les produit par suite de la convention des parties, la solidarité pourrait aussi résulter de la loi si un texte en proclamait formellement l'existence, dans un cas où il y aurait entre les contractants société (art. 22 Cod. com.) ou mandat (2002 Cod. civ.).

La seconde dérogation au principe de la divisibilité, a lieu pour les obligations *in solidum* espèce particulière qui se présente, lorsque le fait qui a motivé l'obligation est tel qu'on ne peut pas facilement déterminer la part qu'y a prise telle ou telle personne en particulier. Alors, comme il faut pourtant que l'obligation s'accomplisse, toute considération personnelle est mise de côté, chacun des obligés ne l'étant pas pour une part est censé l'être pour le tout, et chacun des débiteurs peut être poursuivi pour le paiement de la totalité.

Nous ne parlons que des débiteurs, c'est qu'en effet pour ces sortes d'obligations on ne peut parler des créanciers. Ceux-ci n'ont rien fait par eux-mêmes, ils n'ont eu qu'à supporter le fait pour lequel d'autres personnes ont été constituées leurs débitrices, les conséquences de l'acte commis par ces dernières, à leur égard, étant les seules choses que les créanciers aient ressenties, et tout n'étant qu'une question de dommages, il est aisé de les apprécier en argent et d'attribuer à chacun la part qui lui doit revenir. Il n'y a donc aucune raison pour ne pas suivre la règle ordinaire de la divisibilité.

Les effets de cette sorte d'obligation sont faciles à signaler, les débiteurs peuvent être forcés à payer chacun le tout, mais c'est à raison de l'impossibilité où l'on est de constater les parts que cette charge les atteint; il n'y a rien là qui soit le résultat de leur volonté. Il n'y a donc en ce qui les concerne ni mandat, ni société, comme pour les obligations solidaires.

Il n'y a pas mandat; ainsi rien de ce que fait l'un des débiteurs n'est étendu aux autres.

Ainsi, la reconnaissance de la dette faite par un des débiteurs, n'interrompra pas la prescription à l'égard des autres.

Ainsi encore, si un des débiteurs avait fait perdre par sa faute la chose due, les autres débiteurs seraient libérés; en effet, si la chose était périe par cas fortuit, tous les débiteurs seraient dégagés. Eh bien! si la chose périt par la faute de l'un d'entr'eux, cette perte ne peut être imputée à ceux qui y sont étrangers; elle est arrivée par un fait indépendant de leur volonté. A leur égard c'est donc comme si la chose avait péri par cas fortuit. Ils ne sont donc plus obligés à rien.

Il n'y a pas non plus de société entre les débiteurs, il en résulte, par conséquent, que parmi les faits survenus à l'un deux, il n'y a que ceux qui se rattachent directement à la dette qui soient opposables à tous; et que, au contraire les faits exclusivement propres à l'un des débiteurs ne sont jamais opposables; qu'en un mot, les exceptions réelles, de quelque part qu'elles viennent, atteignent tous les débiteurs, tandis que les exceptions personnelles ne profitent qu'à celui auquel elles sont arrivées.

Pour le premier cas, nous n'avons qu'à nous référer à ce que nous avons dit relativement aux dettes solidaires; et pour le second cas, observer avec plus d'exactitude la règle posée par l'art. 1208.

Ainsi, non seulement la confusion, mais encore la

remise et la délation de serment, ne profiteront qu'à celui des débiteurs que le fait concerne personnellement.

Ces sortes de dettes devront encore différer des dettes solidaires en ce que chaque débiteur poursuivi aura le droit de faire appeler ses codébiteurs en cause, afin que tous étant réunis, chacun fournisse sa part dans la dette, de manière cependant à ce que la totalité soit payée. Il faut, avant tout, pourvoir à ce qu'aucune partie de la dette ne soit mise de côté; ce n'est qu'ensuite qu'on s'occupe du sort particulier que doit avoir chaque débiteur.

Mais il faut ensuite s'en occuper avec soin, car l'indivision dans l'action n'existe qu'à raison de la chose. Il faut, sans doute, éviter de la compromettre; mais tant qu'elle ne court aucun risque, il faut pourtant faire en sorte qu'on respecte la division d'intérêts qui, malgré tout, subsiste encore à l'égard des personnes, puisqu'il n'y a ni mandat, ni société entr'elles.

Et on ne peut pas objecter ici qu'il n'y a aucun texte dans le droit français qui favorise cette opinion, si l'on n'en trouve pas, cela n'est pas étonnant; il n'y en a même pas pour constater, en général, l'existence des obligations *in solidum*, que pourtant il faut bien admettre.

Et d'ailleurs, nous pouvons invoquer une analogie puissante, celle de l'art. 1225 qui accorde aux débiteurs d'une dette indivisible, le droit que nous croyons établi en faveur des débiteurs d'une dette *in solidum*; on ne voit pas pourquoi l'action pour le total n'étant accordée, dans l'un et l'autre cas, qu'à raison de la force des choses, on ne chercherait pas dans les deux cas à y échapper quand cela serait possible.

Et au surplus, le droit romain était tout à fait conforme à cette décision que nous donnons. Dans cette législation où, comme nous l'avons dit, par la suite des temps, la divisibilité des dettes et des créances fut proclamée en principe général, il y avait des exceptions à ce principe, lesquelles résultaient, comme en droit français, soit de la convention des parties, soit de l'impossibilité où l'on se trouvait d'accomplir une prestation partielle, ce qui, dans cette dernière circonstance constituait aussi une obligation *in solidum*. Or puisqu'au nombre des obligations *in solidum*, se trouvait l'obligation indivisible qui ne s'en distinguait que comme une espèce particulière ; tant qu'aucune différence entr'elles n'était marquée, on devait donc dire qu'il n'en existait pas, et appliquer à l'une les dispositions de l'autre.

Or, en droit romain, une règle semblable à celle de l'art. 1225 existait pour les obligations indivisibles. L. II, § 23, Dig. *legat.* 3° Elle eût été générale pour les autres obligations *in solidum*, s'il n'y avait pas de règle contraire.

Mais bien plus, cette règle existait d'une manière formelle pour les autres obligations *in solidum*. On voit en effet la loi 43, Dig. *locat. cond.*, qui accorde à plusieurs débiteurs tenus pour la totalité le droit de ne payer chacun que leur part si tous sont solvables, c'était un bénéfice de division que cette loi conférait ; il ne pouvait donc pas s'agir alors de débiteurs solidaires, puisqu'au temps des jurisconsultes dont les fragments se trouvent dans le Digeste, pareil bénéfice était refusé à ces sortes d'obligés, et n'était accordé qu'aux cofidéjusseurs ; et c'est même une question très grave que de savoir si par le droit des novelles le bénéfice de division avait lieu pour les dettes solidaires. Si donc on veut donner un sens à la loi 47, *de locat. cond.*, il faut dire qu'elle a trait aux obligations *in solidum*.

Tels sont les effets des obligations *in solidum*. Telles sont les différences qui existent entre les obligations solidaires et cette seconde espèce.

Les obligations *in solidum* résultent ainsi que nous l'avons dit de l'impossibilité où l'on se trouve de déterminer la part spéciale qu'a prise le débiteur dans le fait qui a donné naissance à l'obligation. Ces sortes de faits sont quelquefois relatés par la loi qui s'est attachée à mentionner dans la suite de ces dispositions les cas qui pouvaient paraître moins claires ; elle a agi ainsi dans tous les textes où elle a déclaré que les débiteurs étaient solidairement tenus au paiement de la dette. La solidarité ne marche qu'avec une société et un mandat. Or, il faut pour que ces deux choses aient lieu, que les parties y aient consenti, la loi pourtant ne saurait supposer un accord de leur part quand il n'en existe pas ; son pouvoir ne va pas jusqu'à créer des fictions ; elle a toute autorité pour assurer l'effet d'obligations réellement reconnues ; mais elle est sans droit pour en établir de son propre gré, quand il n'en existe aucun germe ; ce que pourtant elle ferait en proclamant la solidarité. Si donc la loi a employé le mot en pareils cas, c'est qu'au moment où on rédigeait le Code civil, on n'avait pas d'idées bien nettes sur toutes ces matières ; mais du moins les rédacteurs n'ont pas songé à aller au delà de ce qui leur était permis.

La troisième dérogation au principe de la divisibilité a lieu lorsqu'il s'agit d'obligations indivisibles ; alors c'est en raison de l'objet de l'obligation que la totalité peut en être exigée et en doit être fournie. C'est cet objet qui repousse la division comme la convention, comme le fait qui occasionne la dette repoussaient cette division dans les obligations solidaires et *in solidum*.

C'est la nature de l'objet de l'obligation qui la rend incapable de division. Il n'y a là rien qui regarde plus spécialement le créancier que le débiteur, le débiteur que le créancier. L'indivisibilité a donc lieu à l'égard de tous sans distinction, à la différence des obligations *in solidum*.

Sous ce rapport, les obligations indivisibles se rapprocheraient donc des obligations solidaires ; mais elles en diffèrent en un point.

Dans les obligations solidaires, la convention des parties ayant créé le lien, la convention des parties peut le faire aussi étendu et aussi peut resserré qu'on le juge convenable ; elle peut fort bien faire qu'il ne subsiste qu'à l'égard de l'un ou de l'autre des contractants, qu'il n'y ait que solidarité active ou solidarité passive.

Dans les obligations indivisibles, au contraire, il ne peut pas y avoir lieu à toutes ces distinctions ; s'il y avait engagement pour le total, seulement à l'égard des créanciers, seulement à l'égard des débiteurs, c'est que l'objet de l'obligation, se prêtant à toutes ces combinaisons, ne produirait pas par lui-même le résultat obtenu ; et par conséquent, il manquerait ce qu'il a d'essentiel pour qu'existe l'indivisibilité dans l'obligation. Il n'y a pas de milieu, il faut, ou bien que cette indivisibilité ait lieu pour tous, ou bien qu'elle n'ait lieu pour personne.

Ce n'est pas à dire pour cela que les clauses dont nous

parlons ne seraient pas observées. Mais comme elles ne seraient pas nécessaires à l'existence du contrat, comme elles ne toucheraient pas à l'essence même de l'obligation, elles ne constitueraient entre les parties qu'un lien tout personnel, ce serait une obligation solidaire, soit pour les créanciers, soit pour les débiteurs.

C'est l'objet de l'obligation qui la rend indivisible, mais c'est l'objet dans sa nature, avons-nous dit, ce n'est donc pas la position dans laquelle il se trouve que l'on examine, mais bien celle qu'il est susceptible d'affecter le plus souvent. Quand on parle de la nature d'une chose, on fait abstraction des circonstances extérieures pour ne se préoccuper que de ce qu'elle est susceptible de fournir par elle-même; ce n'est donc pas seulement le fait de l'indivision qui rend la dette indivisible, c'est l'impossibilité que jamais une division n'ait lieu, qui donne à l'obligation ce caractère d'indivisibilité.

L'obligation indivisible, en résumé, est donc celle qui existe lorsque la charge de la dette et l'émolument de la créance ne peuvent point se diviser ni se distribuer.

Maintenant, nous aurions à entrer dans le détail des effets des obligations indivisibles, et les mettant en parallèle avec les obligations solidaires et *in solidum*, signaler par là les différences qui séparent de ces dernières les obligations indivisibles; mais de nombreuses difficultés s'élevant en ce qui a trait aux conditions constitutives de celles-ci, il importe, avant tout, de s'en occuper.

CHAPITRE IV.

DES OBLIGATIONS INDIVISIBLES.

Cette matière se rattachant à la théorie générale des contrats , et celle du droit romain ayant été partout adoptée en France, on devait se référer, en ce qui la concernait, aux textes de cette législation.

Là, comme ailleurs , ce ne furent d'abord que des décisions judiciaires, que des faits de pratique. A l'origine, on ne coordonna rien en système. Ce ne fut que plus tard que l'intelligence humaine , venant enfin à se réveiller, voulut s'exercer sur les textes qu'on avait pris pour règle de conduite sans les comprendre , et qu'elle chercha à les interpréter. Ce fut au onzième siècle que l'on commença cette étude, étude qui ne s'est point ralentie depuis lors jusqu'à nos jours, et qui, passant successivement de l'Italie en France, de la France en Allemagne, nous a valu de si nombreux et de si doctes traités.

Mais comme les lois romaines se rattachaient à des principes qui n'étaient plus ceux alors en vigueur, et qu'on avait perdus de vue, on ne sut trop comment les expliquer, et il y eut bon nombre de lois romaines qui restèrent incomprises. Les premiers interprètes surtout se trouvèrent embarrassés. Venant après une époque où les discussions théoriques avaient été inconnues , ils ne surent que mettre des textes en présence ; mais il arriva qu'ils en rencontrèrent qui, par eux-mêmes , étaient inconciliables les uns avec les autres ; et alors ne pouvant pas s'élever jusqu'à l'esprit qui les avait animés , le sens leur en demeura complètement inconnu.

Et le sujet dont nous 'nous occupons fut un de ceux
dont ils se rendirent le moins de compte. Les règles
émises à cet égard étant bien plus que toutes les autres,
la conséquence des doctrines philosophiques du temps
d'alors, doctrines que les légistes n'étudiaient guère. Les
légistes glossateurs n'eurent rien de satisfaisant à dire
en ce qui concerne leurs effets consignés dans les fragments du Digeste. Il y a des volumes entiers émanés
d'eux, qui semblent faits exprès pour constater leur
impuissance.

Toute tentative d'explication était, pour ainsi dire,
condamnée d'avance ; il n'en est aucune parmi celles que
l'on cite, qui n'ait complètement échoué. Dumoulin
entra, lui aussi, dans la lice. Habitué qu'il était à
s'exercer sur les difficultés, aimant à se jouer au milieu
d'elles, sûr, ainsi qu'il le croyait d'avance, de vaincre
toutes celles qui, à d'autres, avaient paru insurmon-
tables, il pensa avoir tout résolu. Et, en effet, dans le
traité volumineux qu'il composa, il présenta des vues
toutes nouvelles ; mais tout fut en pure perte, il n'en résulta pas une explication plus claire des lois romaines.
Dumoulin s'était laissé entraîner à ses tendances habi-
tuelles qui consistaient à vouloir tout généraliser d'après
un plan qu'il s'était tracé lui-même, d'après des principes qu'il posait, et auxquels il prétendait tout ramener.
Ce système lui avait parfaitement réussi tant qu'il s'était
borné aux coutumes françaises, qui se prêtaient à ces
combinaisons parce que les recueils composés sur ces
matières ne renfermaient que des décisions spéciales pour
des cas particuliers, sans qu'au fond on aperçût un principe générateur, ce qui permit, à cet égard, d'établir à

peu près tout ce qu'on voulut, et rendit toute réforme
possible dans les écrits des jurisconsultes ; tâche que certains d'entr'eux s'imposèrent, et dont Dumoulin surtout
s'acquitta parfaitement. Mais c'était de sa part un très
grand tort que de se servir du même mode d'interprétation pour les lois romaines. Là , il y avait une législation
complète ; il n'y avait pas de réforme à apporter ; on ne
pouvait employer , sans danger , cette méthode de poser
des principes sauf ensuite à y appliquer des textes , car
le droit romain renfermait des principes à lui appartenant qu'on courait risque de mettre par là en oubli : ce
qui précisément arriva à Dumoulin, auquel on doit faire
le reproche d'avoir mis ici ses vues à la place de celles
des jurisconsultes de Rome, ce qui a ôté et ôte encore
de la valeur à son ouvrage qui , par lui-même , méritait
pourtant d'être remarqué , et renfermait même des traits
de génie épars çà et là, et qu'on regrette de voir dé-
pensés à propos d'un sujet aussi ingrat et aussi stérile.
Aussi, qu'en est-il résulté? c'est que tout cela étant noyé
au milieu d'une foule de distinctions et de sous-distinctions des plus subtiles, on n'a retenu de là que des sub-
tilités.

Et par malheur, cet ouvrage attira l'attention de Pothier qui se donna la peine de l'analyser, ce qui le rendit
moins clair ; et les auteurs du Code civil analysèrent
encore Pothier, ce qui rendant ce sujet de moins en moins
clair, a fait qu'il est maintenant à peu près inintelligible.

Tant qu'on se borne à interroger les articles du Code,
il est impossible d'y rien comprendre ; on ne peut rien
tirer non plus des discussions qui ont précédé leur émis-
sion : elle sont nulles à ce sujet.

Le projet du Code civil contenait dans ses dispositions
un résumé de ce qui était ou de ce qu'on croyait être
dans Pothier, et il fut, en cet état, présenté aux tribunaux ; mais peu d'entr'eux s'occupèrent de l'indivisibilité
des obligations ; quelques-uns cependant se hasardèrent
à en parler ; mais ce fut seulement pour demander,
comme le tribunal de Rennes (FENET, tom. V, p. 372 et
373), la suppression du chapitre de l'indivisibilité, ou
un développement plus grand dans les dispositions qu'il
renfermait. Un autre tribunal plus hardi demanda des
explications sur un point particulier qui, pour ce motif,
s'est trouvé avoir reçu un sens fort peu satisfaisant,
ainsi que nous le verrons quand nous aurons à en
parler.

Les erreurs commises par les interprètes et ensuite
par nos législateurs, vinrent ainsi que nous l'avons dit,
de ce qu'ils ne se sont pas donné la peine de remonter
aux principes.

C'est l'objet de l'obligation qui la rend divisible ou
indivisible, c'est lui seul qu'on a en vue lorsqu'on parle
de ces sortes de choses, tout le monde en convient ; or,
l'objet d'une obligation ne fait guère sentir son influence qu'en ce qui touche à l'exécution, c'est donc à
l'exécution seule qu'on se réfère en pareil cas, c'est un
effet de l'obligation qu'on examine, et non pas un de ses
caractères constitutifs qu'on relate.

C'est à quoi nous conduit la plus simple réflexion, et
c'est aussi la pensée qu'avaient les jurisconsultes romains ; car il faut bien le remarquer, les lois du Digeste
qui s'occupent de divisibilité et d'indivisibilité, ne prétendaient traiter qu'un point relatif à l'exécution du

contrat ; la loi 85 *in princ.* , Dig. *de V. O.* , est formelle
à cet égard. Sans doute l'obligation s'en trouvait bien
affectée dans son principe, mais ce n'était que d'une
manière tout à fait accessoire , et les jurisconsultes romains , hommes pratiques avant tout , ne songeaient
qu'à ce qui pouvait avoir un effet réel ; or , chez eux ,
l'exécution d'une obligation étant parfaitement distin-
guée de l'obligation , même là où prédominait l'exécution , ils ne songèrent pas à l'obligation ; à quoi bon
s'y référer dans le système de procédure , qui était alors
suivi , puisque une fois la *litiscontestatio* intervenue ,
l'ancien droit n'existait plus , et que tout se régissait
d'après la formule d'action que le préteur avait donnée.

C'était là le véritable état des choses , mais ce ne fut
pas celui qui apparut aux interprètes du droit romain.
Ne cherchant à s'informer ni de la valeur exacte des
théories , ni de la portée des termes , ils ne s'attachèrent
qu'aux mots qu'ils trouvèrent dans les textes ; et comme
ils virent qu'on y parlait d'obligations divisibles et indivisibles , ils crurent qu'il y avait des obligations dont le
caractère était d'être divisible , ou indivisible , et ils
tracèrent , en conséquence , des règles et des distinctions ; mais comme ils avaient confondu les principes
des obligations avec leurs effets , il en résulta qu'ils ne
purent s'y reconnaître , que les textes du droit romain
demeurèrent incompris , parce qu'on avait assujetti au
même ordre d'idées des choses essentiellement différentes par elles mêmes , et que la législation romaine
avait su parfaitement distinguer. Il y eut des lois du
Digeste qu'on ne put concilier les unes avec les autres ;
car si quelques-unes semblaient faire de la divisibilité

et de l'indivisibilité un caractère de l'obligation, il y en avait, au contraire, qui rapportaient hautement ces choses à l'exécution, comment faire voir que pourtant ils concordaient? C'est à quoi on ne put arriver, parce qu'on s'arrêta toujours aux termes, qui, étant examinés isolément des règles générales du droit qu'on ne songea pas à invoquer, étaient réellement inintelligibles et restèrent tels, à raison de la méthode vicieuse qu'on avait employée.

Malheureusement, les rédacteurs du Code civil ont suivi les anciens auteurs, on retrouve, en abrégé, dans les textes qu'ils ont édictés, renfermées en articles de lois, les règles et les distinctions autrefois en usage. Ce n'est pas un mince travail que de les coordonner et de les éclaircir; mais enfin comme nous ne sommes plus obligés de nous occuper si les textes du droit romain sont bien conformes, il n'est plus impossible d'arriver à faire comprendre la valeur et la portée des dispositions actuelles. Le point de départ est sans doute inexact, mais du moins les conséquences qu'il embrasse sont susceptibles d'être relatées.

C'est à raison de la nature de l'objet du contrat que l'obligation est divisible ou indivisible, c'est donc quand cet objet est indivisible que l'obligation a ce caractère, de même que l'obligation est divisible quand son objet est divisible.

Qu'est-ce donc qu'un objet divisible? qu'est ce donc qu'un objet indivisible?

Un objet indivisible est celui dans lequel se trouve renfermée une puissance assez forte pour agir d'une manière également énergique sur toutes les parties qui

le composent, de telle sorte que si une des parties de cet
objet venait à être retranchée, cette puissance perdant
par là son empire, l'objet cesserait d'exister.

Un objet divisible, au contraire, est celui qui n'ayant
aucune puissance à lui propre, peut être morcelé en
une multitude de parties différentes les unes des autres,
sans que rien y apporte obstacle de la part de cet objet,
mais aussi sans que par là l'objet se trouve anéanti.

Et même, puisque tout est examiné ici au point de vue
de l'émolument qui revient au créancier, et de la charge
qui incombe au débiteur, il peut se faire qu'on attribue
le caractère de divisibilité à des objets qui ne l'ont pas par
eux-mêmes, si l'émolument et la charge sont susceptibles
d'être divisés entre les contractants; et c'est ce que l'on
nomme la division intellectuelle que l'on oppose à la première espèce de division dont nous avons parlé d'abord,
et qui porte le nom de division réelle.

Dans ce cas, la division qui s'opère fait plusieurs corps
d'un seul qui existait auparavant. On estime qu'il y a
autant de choses que de parties distinctes opérées par la
division.

Dans le second cas, au contraire, l'objet n'est pas
considéré comme produisant de nouveaux corps, mais
comme donnant lieu à des avantages divisés pour les
créanciers, et à des charges divisées aussi entre les débiteurs. Et c'est ce qui nous montre l'utilité de cette dé-
nomination juridique de division intellectuelle qui nous
fait concevoir des parties qui réellement n'existent pas.
Tout s'explique parfaitement par cette considération des
charges et des avantages qui résultent de l'obligation;
car, si les parties que l'on crée sont par elles-mêmes

indivises, elles sont divisées eu égard à ce résultat qu'elles produisent, et comme l'émolument et la charge à cause de la partie en laquelle ils consistent, sont perçus et supportés divisément, c'est alors cette partie qu'on semble supporter et percevoir.

Dans ces deux cas, les jurisconsultes romains disaient que l'objet était divisé en partie (1. 25, § 1, *in fer.* Dig. *de verb. sign.*); mais dans le premier ils disaient qu'il y avait *partes pro diviso*, et dans le second, *partes pro indiviso* (1. 25, § 1, Dig. *de verb. sign.* 1. 25, Dig. *quibus modis ususf. vel usus amittatur,* 1. 16, § 2, *in fin.* Dig. *de legatis* 2°).

Tels sont donc les caractères qui distinguent les objets divisibles des objets indivisibles; mais qui détermine en eux ces caractères? C'est ce qu'il importe d'examiner; c'est là une question fort délicate; mais comme tout doit se régler d'après la nature de ces sortes d'objets, cette question revient à celle de savoir en quoi consistent ces différents objets, comment ils se distinguent les uns des autres.

Or, ce qui fait l'objet d'une obligation, est ou une chose, ou bien un fait. On appelle chose dans l'usage du droit, ce qui doit être livré, *dari,* fait ce qui doit être accompli, *præstari;* et dans le premier cas, on dit qu'il y a obligation de donner, et dans le second, obligation de faire; c'est donc le caractère constitutif des choses et des faits qu'il nous faut examiner.

D'abord quant aux choses, elles sont de deux sortes, ou matérielles ou spirituelles.

Les choses matérielles sont celles qui affectent nos sens, et sont faites pour servir à nos besoins usuels, et

se trouvant par là condamnées à un état tout passif, se
prêtent à toutes les modifications, à toutes les divisions
qu'on veut y apporter, le tout dans les limites des besoins de l'homme; car je n'admettrais pas que la matière fût divisible jusqu'à l'infini, ce qui reviendrait à
dire qu'on ne pourrait pas trouver de bornes à la matière, qu'elle serait infinie; ou bien, donnant pour sens
à cette proposition que la matière est divisible jusqu'au
néant, qu'on pourrait en la divisant arriver à l'anéantir.
Conséquences extrêmes qui ne sont admissibles ni l'une
ni l'autre, puisque dans le monde il y a autre chose
que de la matière, et puisqu'aussi la matière ayant une
existence à part, nul ne saurait la faire disparaître, ni
l'homme qui a reçu seulement le pouvoir de s'en servir,
ni Dieu lui-même qui ne peut pas détruire ce qu'il a
créé, parce qu'il ne l'a pas voulu.

Les choses spirituelles sont celles qui existent en
dehors du monde visible, et qui pourtant y font sentir
leur influence, en y introduisant le mouvement et la vie
que seules elles étaient capables de lui communiquer.
Ces sortes de choses étant donc placées dans une sphère
à part, ne sauraient être altérées par les circonstances
extérieures, et, par conséquent, à la différence de la
matière qui y touche nécessairement par ses proprié-
tés, leurs attributs de même que leur substance échap-
pant à l'empire de ces circonstances, rien de ce qui
les concerne ne peut être soumis à une division quelconque.

Lors donc que des choses matérielles formeront l'objet
d'une obligation, cet objet devra être regardé comme
divisible.

Quant aux choses spirituelles, l'homme ne pouvant les faire servir à son usage, elles n'entreront pas seules comme objet dans une obligation, et par conséquent on n'aura pas à examiner l'influence qu'elles seraient susceptibles de produire par le caractère d'indivisibilité qu'elles possèdent ; mais très souvent il arrive que, à des choses matérielles, se trouvent jointes des choses spirituelles qui ne forment qu'un seul tout avec les premières, de telle sorte que rien n'empêche qu'une chose ainsi constituée n'entre comme objet dans une obligation pour sa partie matérielle ; mais alors comme celle-ci reçoit la loi de la partie spirituelle qui lui est unie, et lui impose ses caractères, et entre autres, par conséquent, celui de l'indivisibilité, la chose entière, à raison de cette prédominance, est dite indivisible, et l'objet de l'obligation est réputé avoir ce caractère.

C'est ce qui deviendra plus clair si nous entrons dans les détails.

Ce que nous appelons choses matérielles, choses spirituelles, est plus communément désigné par les jurisconsultes et les législateurs, sous le nom de choses corporelles et incorporelles. Sous le nom de choses corporelles, ils comprennent ce que nous avons appelé choses matérielles, celles qui, tombant sous nos sens, ont un corps susceptible d'être touché par nos organes ; mais ils y comprennent aussi les objets aux corps desquels une chose spirituelle est venue se joindre ; et parmi les choses appelées incorporelles, ils ne considèrent que celles qui ont été faites ainsi par les lois humaines, et faites comme l'homme peut les faire, c'est-à-dire à l'aide d'une abstraction ; et l'abstraction portant

ici sur la partie matérielle de l'objet, le législateur omet
de parler dans ses règles de cette dernière partie de
même que si elle n'existait pas ; ce qui lui permet de
dire que la chose est incorporelle, et aussi puisqu'elle
n'est créée telle que par le droit, qu'elle consiste seulement en un droit, *in jure consistunt*, disaient les lois
romaines, tels sont les droits d'hérédité, de servitude, etc.

Cette classification, comme on le voit, mérite quelques reproches, elle est inexacte dans son premier
chef, puisqu'elle y fait entrer, à titre égal, des choses
essentiellement différentes ; elle est incomplète dans son
second chef, puisqu'elle s'y trouve restreinte à une spé-
cialité, n'embrassant pas dans ses prévisions la totalité
de ce qu'on doit appeler choses immatérielles. Cela est
vrai pour tous les cas, et plus vrai encore pour le cas
particulier qui nous occupe ; car il est certain qu'avec
cette classification on ne saurait se rendre compte des
différences qui existent et que nous aurons à signaler ; on
ne peut nier qu'en suivant cette marche, qui nous est ainsi
tracée, on n'entre pas profondément dans les entrailles
du sujet.

Toutefois, comme c'est là la marche adoptée, et qu'à
son aide on met assez bien chaque chose à sa place suivant les différences extérieures qui caractérisent chacune
d'elles en particulier, c'est la marche que nous allons
adopter dans nos développements, en ayant soin de l'é-
clairer par les principes que nous avons posés d'abord.

Les choses corporelles sont considérées ou bien isolément, ou bien comme composant une aggrégation.

Les corps, en tant qu'ils sont isolés, en tant qu'on

n'examine en eux que leurs qualités matérielles, sont nécessairement divisibles d'après tout ce que nous avons déjà dit, et divisibles d'une manière réelle. C'est une chose reconnue que les êtres inorganiques sont susceptibles de toute espèce de division.

Mais quand on a à examiner dans les corps autre chose que leurs qualités matérielles, quand il y a d'autres conditions d'existence qui leur sont attachées, l'objet immatériel qui vient s'imposer à eux les rend indivisibles.

Ces conditions sont ajoutées ou par la nature ou par l'homme.

Les conditions ajoutées par la nature sont celles qui constituent la vie dans les objets animés, vie qui, leur étant propre et s'imposant de la manière la plus énergique à toutes les parties de leur être, n'en laisse échapper aucune à son influence, et par conséquent leur imprime absolument son caractère, lequel étant indivisible, rend également indivisible la matière qu'il gouverne.

Et c'est, en effet, une des lois relatives aux êtres organisés que la division ne puisse les atteindre sous peine de voir disparaître la vie qui les anime. Qu'on ôte la tête et le cœur à l'animal, au végétal sa tige et sa racine, et tout aussitôt ils cessent d'être, ils disparaissent et meurent. La vie est quelque chose qui n'admet pas de partie.

Et d'ailleurs, il y a ici une raison toute particulière et toute décisive, c'est que, les choses de l'espèce que nous avons examinée étant réduites à la position dans laquelle les mettrait une division, elles ne pourraient être d'aucun usage, tandis que pourtant c'est à raison de l'émolument à prendre ou de la charge à supporter qu'on pose la question de la divisibilité ou de l'indivisibilité.

Ce sera donc parmi les êtres matériels, les êtres animés, les êtres doués de la vie qui rendront l'obligation indivisible. Par exemple, si la dette est d'un cheval ou de tout autre animal, en droit romain, on eût ajouté si la dette était d'un esclave déterminé, puisque les esclaves étaient alors regardés comme des choses ; de telle sorte pourtant que, privés de tous les droits de l'humanité, ils avaient néanmoins gardé tous ceux qui appartenaient aux êtres animés en général. On avait, disait-on, réduit des hommes en esclavage pour leur conserver l'existence. On devait, par conséquent, reconnaître avec tous ses effets le principe de vie qui était en eux, on ne leur avait pas tout à fait arraché l'âme, on les avait mis seulement sur la même ligne que les animaux !

Les conditions ajoutées par l'homme sont celles que, à l'aide de son travail, il a fait porter non sur le fond, mais sur la forme de l'objet matériel, lequel est alors ce qu'on appelle un produit de l'art ; comme par exemple une statue, un tableau ; en pareil cas, l'influence matérielle ne se fait plus autant sentir, c'est un objet sur lequel l'homme a déposé son âme comme la nature avait sur d'autres déposé la vie ; c'est toujours quelque chose d'immatériel qui a présidé à l'œuvre, c'est toujours le caractère d'indivisibilité qui prévaut ; mais ce n'est encore que la divisibilité matérielle qu'on exclut, la divisibilité intellectuelle aura toujours lieu, car il est possible de calculer les avantages à recueillir et les charges à supporter.

Il reste à examiner parmi les choses corporelles, celles qui composent une aggrégation.

Il y a plusieurs sortes d'aggrégations.

Les unes ont lieu naturellement, les autres par le fait de l'homme.

Les aggrégations naturelles sont celles qui ont lieu sans que rien paraisse à l'extérieur les avoir ménagées, et alors comme on ne voit rien dans ces sortes de circonstances, que des effets matériels, les règles de la matière sont les seules que l'on connaisse, et par conséquent il y aura divisibilité réelle, et l'exemple à citer se tire des objets immobiliers, qui se composent de plusieurs choses réunies en une seule.

Les aggrégations résultant du fait de l'homme, sont de deux sortes; ou bien elles sont formées de divers corps adhérents liés ensemble, tels qu'un édifice, un navire, une armoire, composés de pierres et de planches liées ensemble; ou bien elles sont formées de divers corps distants séparés l'un de l'autre, mais unis ensemble sous le même nom comme composant un seul tout. Tels, un troupeau soit de bœufs, soit de chevaux, et les romains auraient ajouté, soit d'esclaves comédiens ou choristes, etc.

Dans le premier cas, la connexité qui a lieu dans les différentes parties est le résultat d'un travail, par conséquent un fait de l'art, et par conséquent nous appliquerons ici ce que nous avons dit plus haut pour une circonstance analogue, nous dirons qu'il n'y a pas divisibilité réelle, mais seulement divisibilité intellectuelle.

Mais dans le second cas, c'est tout différent, l'aggrégation n'a rien fait sur la nature matérielle des objets, puisqu'il n'y a que le nom qui les unisse; rien donc n'étant changé à leurs conditions matérielles, les conditions de la matière doivent continuer à subsister en ce qui les concerne, ils doivent pouvoir être séparés les uns des autres. C'est ce que disait la loi 29 *in fine*, Dig. *de solut. et liber.*

A plus forte raison, en serait-il de même si l'aggrégation ne comprenait que des objets non déterminés dans leur individualité, mais qui seraient seulement compris là pour leur genre. C'est encore ce que disait le droit romain dans les lois 54 *prin.* et 117, Dig. *de verb. oblig.*

Voyons maintenant ce qui regarde les choses incorporelles.

Ces sortes de choses ne consistant qu'en de simples droits, et étant essentiellement immatérielles, rejettent toute division réelle; mais comme les droits que l'on possède doivent, pour être appréciables, s'appliquer à des objets matériels à l'aide desquels on peut apprécier l'avantage qu'on retire, les charges qu'on endure, et la division pouvant se faire quant à ces conséquences, il y a division intellectuelle. Seulement ces résultats matériels peuvent être en suspens, et alors le droit seul existant, on restera dans ce qu'on appelle l'indivision, jusqu'à ce que l'on puisse produire les effets matériels que le droit peut procurer; mais peu importe la transition par laquelle on peut passer, puisqu'en ce qui concerne la divisibilité, ce n'est pas à un fait isolé qu'on s'attache pour déterminer le caractère du droit, mais à l'ensemble général des faits que le droit est susceptible de produire.

Toutefois nous avançons ici une proposition qui peut

paraître hasardée , quand nous disons que toutes les
choses incorporelles sont susceptibles de division intellectuelle. La plupart des auteurs, tout en admettant cette
proposition comme une règle générale, y veulent établir
une exception, sans du reste donner d'autres moyens de
distinguer l'exception de la règle générale que de poser
les cas dans lesquels l'exception a lieu suivant eux.

Les choses incorporelles, comme nous l'avons dit,
sont les droits d'hérédité, de servitude, etc., les auteurs
veulent que les servitudes ne soient susceptibles d'aucune
espèce de division, du moins la servitude de passage.

Je crois que c'est une erreur, et que tout repose à cet
égard sur une confusion. Veut-on dire que le droit à la
servitude, en tant que droit, est indivisible, je l'admets
sans peine ; mais cela ne devrait pas être dit seulement de
la servitude de passage, mais de toutes les autres servitudes ; cela ne devrait pas être dit seulement des servitudes, mais de tous les droits en général, de toutes les
choses incorporelles sans distinction aucune.

Mais cela ne signifie rien autre chose , sinon que les
droits consistant en des choses immatérielles ne peuvent
en eux-mêmes être atteints par aucune espèce d'opération matérielle, quelle qu'elle soit, et par conséquent par
une division qui est une opération matérielle ; mais alors,
c'est seulement la division réelle qu'on exclut, et ce
n'est pas un motif pour avancer qu'on exclut la division
intellectuelle qui ne porte pas sur le fond du droit,
qui porte sur l'usage qu'on en fait, sur les effets qu'il
produit.

Eh bien ! nous soutenons que l'effet , que l'usage des
servitudes peuvent parfaitement être divisés.

On conteste la vérité de cette assertion. On prétend que l'usage de la servitude est une chose tout à fait indivise, et se référant toujours à la servitude de passage, on nous défie de démontrer comment il est possible de passer pour partie.

Certes, nous ne prétendons nullement contredire cette vérité d'expérience ; on nous suppose des intentions bien singulières quand on nous reproche de l'attaquer. Notre intention n'est pas là, seulement nous voulons ne pas nous occuper seulement de cet effet, et nous soutenons qu'il n'a rien à faire à la question.

Nous l'écartons, parce que tout ce qui tient au droit de servitude en lui-même ne doit pas, ainsi que nous l'avons dit, être ici considéré, il faut n'en examiner que l'utilité. L'action de passer en soi, nous paraît appartenir au droit pris d'une manière abstraite ; et c'est pour cela que nous ne voulons pas qu'on en parle, puisqu'il n'ajoute rien à l'abstraction du droit de servitude.

En effet, le fait du passage pris isolément et sans aucun but auquel on le rattache, est sans aucune importance. Ce simple fait ne saurait donc en accorder aucune au droit abstrait de la servitude auquel il aurait été joint. Il faut donc faire intervenir le but pour lequel le passage a été accordé ; c'est dans un but qu'on en use, c'est par ce but qu'on appréciera l'utilité de l'usage de la servitude ; et cette utilité consistant dans une chose toute matérielle, laquelle, par conséquent, est divisible, la servitude qui est mesurée sur cette utilité sera, elle aussi, divisible.

La servitude de passage est accordée pour l'exploitation d'un fonds ; le fonds étant divisible, cette exploitation sera aussi chose tout à fait divisible, et par là même très variable, et suivant la manière dont se fera cette exploitation, le passage sera de telle ou telle façon, il sera plus ou moins limité, plus ou moins étendu, plus ou moins fréquent; l'usage varie ainsi, suivant l'utilité que la servitude procure, et cette utilité se manifestant d'une manière matérielle, et se faisant sentir par du plus ou du moins dans l'exercice extérieur du droit, c'est le cas de dire que, à cet égard, le droit est divisible; car il n'y a que ce qui est divisible qui puisse ainsi augmenter ou diminuer : il est vrai qu'il en est ainsi seulement en ce qui concerne l'effet matériel du droit; mais ce n'est jamais qu'à ce point de vue qu'on déclare qu'une chose est divisible ou non, même lorsqu'on admet qu'il s'agit d'une division intellectuelle.

Si l'on n'examinait dans l'usage de la servitude de passage, que le fait pur et simple du passage, et que, le rattachant seulement au droit abstrait de la servitude, on le déclarât indivisible aussi bien que lui, il faudrait, pour être conséquent, dire la même chose de toute autre espèce de fait par lequel se manifesterait un droit de quelque nature qu'il fût, et écartant l'utilité que ce fait procure, n'y découvrant que l'exercice abstrait du droit, n'y point voir de division parce que le droit en lui-même n'en supporte pas. Ce serait une conséquence logique, car tout autre fait n'est pas plus significatif en lui-même qu'un fait de passage, et n'ayant pas plus d'influence que lui sur le droit auquel il serait joint, ne peut contribuer à faire dire que la nature du droit n'est plus ce qu'elle était dans son abstraction native.

Ainsi, le fait de puiser de l'eau à une fontaine ou à

une autre source, quand on ne se préoccupe pas de l'eau
dont on profite, ne donne pas de signification réelle au
droit de puiser qu'on devrait avoir ; ce droit devrait donc
rester indivisible, si on écartait du fait du puisage la
considération de l'utilité qu'il procure eu égard à la quantité d'eau qui en provient pour celui qui la retire.

Et ce qu'on dit de ce cas particulier, serait applicable
à tous les autres.

Mais à ce compte il n'y aurait aucun droit qui ne fût
indivisible, on ne pourrait pas appliquer du moins en
ce qui les concerne la division intellectuelle ; de telle
sorte que la présomption de divisibilité que la loi pose
en tous cas, comme une règle générale, ne trouverait
pas ici à s'appliquer.

Aussi a-t-on pris une autre marche, et en ce qui touche au caractère de divisibilité ou d'indivisibilité, à
attribuer à tel ou tel droit, ne s'est-on pas seulement
attaché au fait de l'excercice, mais à l'utilité qui résulterait du fait exercé, et pour ne rappeler que l'exemple
cité, en ce qui concerne la servitude du puisage, on se
préoccupe avant tout de la quantité d'eau qu'il procure.

Eh bien ! nous voulons qu'on soit logique, et que ce
qu'on fait à l'égard des droits en général, on le fasse à
l'égard du droit de servitude et de servitude de passage
en particulier ; nous voulons, qu'en toute espèce de circonstance, on se préoccupe avant tout de l'utilité qui
résulte de l'exercice du droit pour en déterminer la nature. Prendre en un cas spécial une autre base, ce ne
serait pas seulement faire une exception à la règle générale, ce serait se mettre en dehors des principes fondamentaux qu'on a posés, ce serait s'établir sur un

autre terrain, ce serait rompre l'unité de doctrines qu'on doit toujours tenir à conserver.

On objecte qu'il y a une différence entre la servitude de passage et les autres droits à mentionner; car, en ce qui touche ces sortes de droits, l'exercice qu'on en fait est immédiatement suivi de son effet matériel, et ce n'est que par une espèce de subtilité qu'on peut séparer ces deux choses l'une de l'autre; tandis qu'il y a une séparation réelle, un temps donné entre le fait du passage et l'exploitation qu'il a pour but de faciliter, et c'est ce qui a amené la plupart des auteurs à tenir compte de ces circonstances différentes, et à distinguer ainsi la servitude de passage des autres droits de cette espèce.

Mais nous pensons que cette circonstance ne valait pas la peine d'être remarquée. Peu importe, en effet, qu'il y ait un trait de temps dans un cas et qu'il n'y en ait pas dans un autre. Si le profit retiré est, dans tous les cas, aussi nul lorsqu'on ne s'en réfère qu'à l'exercice même du droit abstraction faite de ses effets. Or, en soi, le fait du passage est tout aussi peu profitable que n'importe quel autre; on ne doit donc point s'en occuper dans une classification où l'on prend pour point de départ l'utilité que donne l'usage du droit stipulé.

On dira peut-être que si le droit de servitude était divisible, on ne pourrait pas l'exiger en totalité de chacun de ceux qui y sont soumis, si cette servitude était due par plus d'une personne, et que de même cette servitude ne pourrait pas être réclamée par un seul créancier pour le tout si elle était due à plusieurs. Et pourtant c'est tout le contraire, l'action peut être, en tous cas, intentée pour le tout par un seul créancier et l'être également pour le tout contre un seul débiteur.

Mais on répondrait à cela que s'il en est ainsi, c'est parce qu'il s'agit après tout et surtout de l'obligation d'une chose plutôt que de l'obligation d'une personne ; c'est à vrai dire le fonds dominant qui réclame, ceux qui intentent l'action ne l'intentent qu'en leur qualité de détenteurs du fonds ; et c'est également le fonds servant qui est assigné dans la personne de ceux qui en sont détenteurs ; c'est donc une action réelle que celle par laquelle on réclame une servitude. Or, toute action réelle s'intente nécessairement pour la totalité de la chose ; car toute chose se compose essentiellement des qualités qui lui compètent, dès lors qu'on en séparerait une, ce ne serait plus de la chose qu'il s'agirait, il faudrait alors s'adresser à une personne pour compléter cette chose au moyen des autres qualités qu'elle ajouterait à celles déjà fournies ; et cela est possible quant aux obligations qui touchent une personne ; mais quand il est convenu qu'on ne s'adresse qu'à une chose si on ne la prend pas toute entière, comme il peut arriver que nul individu ne soit tenu de la parfaire, on pourrait se trouver exposé à ce qu'il n'y eût plus de moyen de faire revenir le reste à son propriétaire ; il est donc indispensable pour que l'action ait son effet, qu'elle ait lieu pour le tout. Et d'ailleurs les choses matérielles qui font l'objet des actions réelles étant entièrement soumises à l'homme, il n'y avait pas en ce qui les concerne, à user des ménagements qu'on a cru devoir adopter à l'égard des personnes.

Dans l'opinion qui donne aux servitudes le caractère d'indivisibilité, on argumente des lois romaines, on prétend y trouver la condamnation de notre système ;

pourtant il n'y a là rien qui puisse nous être opposé.

Quand les lois romaines disent qu'il a indivisibilité dans les servitudes , c'est de la servitude , en tant que droit abstrait , qu'elles parlent , et il était utile d'en parler, car les servitudes ne s'acquéraient pas en vertu d'une simple obligation ; acquérir une servitude tenait à l'exécution du contrat par lequel on l'avait consentie , et comme la convention et son exécution étaient choses parfaitement distinguées , il fallait bien , en ce qui se référait à la convention , examiner la servitude dans sa nature abstraite , afin qu'elle pût entrer comme objet dans l'obligation.

Aussi voit-on d'abord que c'est au titre des obligations que la loi romaine parle de l'indivisibilité des servitudes , c'est d'abord à raison de la stipulation que cette indivisibilité est proclamée (1. 2 , § 1, 1. 75 , *prin.* , Dig. *de verb. obl.*) Et comme les servitudes peuvent aussi être constituées par des legs , la loi romaine rappelle encore qu'elles sont indivisibles , lorsque le legs est leur titre constitutif (1. 20 , § 1, Dig. *ad leg. fal.*).

Et quand ces lois réprouvent ainsi la divisibilité des servitudes , qu'on veuille bien le remarquer , c'est parce qu'elles regardent que cet état serait contraire à l'obligation , et c'est en effet en ce sens que s'expriment les lois 11 et 17 , Dig. *de servit.* Cette dernière dit qu'une partie de servitude ne peut entrer dans une obligation *in obligationem deduci* , et la loi 11 dit qu'une servitude ne peut être acquise pour partie *quia corrumpit stipulationem in eum casum deducendo à quo stipulatio incipere non possit.*

Et c'est toujours en ce qui réfère à l'obligation que

cette indivisibilité a des effets. Ainsi on reste encore dans les limites de l'obligation, lorsqu'on intente l'action pour réclamer la servitude qui nous est due ; cette action, en effet, tire son origine du titre, et même puisque lui seul y donne lieu, on n'en sort pas lorsqu'on l'exerce. Aussi la loi dit-elle que cette action peut être intentée pour le tout contre chacun des coobligés, c'est ainsi qu'elle s'exprime à l'égard de toute espèce de titre constitutif de servitude quel qu'il soit ; d'abord pour les servitudes établies par testament (l. 7, Dig. *de servit. leg.*), et puis pour celles établies par une stipulation (l. 25, § 10, Dig. *fam. ercis*) ; et c'est enfin ce que déclare d'une manière plus générale, pour toute espèce de servitude, sans spécifier le titre par lequel on l'a établie, loi 4, § 4, Dig. *si servitus vind.* Et ce droit qui appartenait à chaque créancier d'agir *in solidum* contre chacun des débiteurs, ce droit appartenait aussi à tous les créanciers, et s'il y en avait plusieurs, chacun pouvait agir *in solidum* (l. 25, § 9, Dig. *fam. ercis.* et l. 4, § 3, Dig. *si servitus vindicetur*).

Mais quand on sortait des limites de l'obligation, il en était autrement; alors le lien de droit primitif résultant de l'obligation qui avait été consentie, n'était plus ce qu'on examinait, et par conséquent la divisibilité qui existe ici dans le fait commençait à se faire sentir, ce qui avait lieu pour les choses qui touchent à l'exécution. Les Romains, ainsi que nous l'avons dit plusieurs fois, distinguaient fort bien l'exécution de l'obligation elle-même, se préoccupant uniquement du lien de droit dans le premier cas, et dans le second, faisant intervenir l'utilité qu'il procure.

C'est ce que dit la loi 4 , § 3 , Dig. , *si servit. vindic. In estimatione id quod interest veniet, scilicet quod ejus interest qui experietur*, et aussi la loi 25 , § 9 , *in fin.*, Dig. , *famil. ercis.*, qui dit que , si la servitude n'est pas fournie , la condamnation interviendra *pro parte hœreditaria.* La première loi citée a trait à l'action en ce qui concerne les créanciers d'une servitude, la seconde a trait aux débiteurs.

Et ce ne sont pas les seuls textes qui reconnaissent la divisibilité des servitudes ; il y a encore la loi 11, Dig. *de servit. prœd. rust.*, qui mentionne un autre effet de cette divisibilité , c'est que le droit de passer peut être cédé séparément sur un fonds indivis.

De même la loi 140 , § 2 , Dig. *de verb. obl.*, établit que bien qu'une servitude ne puisse s'acquérir pour partie , elle subsiste cependant lorsqu'elle est acquise de cette sorte.

De même encore , il était reconnu qu'une servitude pouvait être retenue pour partie (l. 2 , § 1 , Dig. *de servit.*).

Et enfin , c'était une chose certaine que le mode d'usage de la servitude était divisible (l. 28 , § 3 , et 25 , Dig. *de servit. prœd. rust.*) , et conséquente avec ce principe , la loi 11, Dig. *quemadmodum servit. amitt.*, déclare qu'un individu qui n'a pas usé de son droit de servitude le perd , quoique d'autres personnes auxquelles ce droit a été conféré comme à lui, en aient usé et aient ainsi conservé leur servitude.

Tel était , suivant nous , le véritable sens des lois romaines ; mais les interprètes les comprirent fort mal. Ayant pris précisément dans cette matière ce qui tenait

à l'exécution pour un des caractères de l'obligation,
ils commirent à l'égard des servitudes une pareille
méprise, et firent rejaillir sur l'exécution des servitudes
ce qui ne tenait qu'à leur caractère abstrait, et ils en
vinrent à dire que les servitudes étaient absolument indivisibles. Seul, Dumoulin émit une idée opposée ; mais
il n'alla pas jusqu'au bout. Il admit encore qu'il y avait
quelques servitudes indivisibles. Les auteurs qui vinrent
après lui, et qui certes n'étaient pas comme lui animés
de projets de réforme, ne songèrent pas à changer les
idées à cet égard, et elles sont restées sous le Code civil
telles qu'elles étaient auparavant. On n'eut aucunement
la pensée de rien modifier en ce point ; on ne pouvait
même pas y songer, car le Code civil entrant plus avant
encore dans la confusion faite entre l'obligation et son
exécution, a rattaché au fait seul de l'obligation la trans-
mission de la propriété, et par conséquent d'un démem-
brement de la propriété, de telle sorte qu'aujourd'hui
c'est une chose bien reconnue que la servitude est acquise
par la seule convention. Si donc il en est ainsi, la servitude ne pouvant entrer dans l'obligation que pour son
caractère abstrait d'indivisibilité, elle doit le conserver
même en ce qui touche à son accomplissement, à son
exécution.

Mais puisqu'il s'agit ici d'une indivisibilité que les vrais
principes repoussent, il faut dire que si elle existe, c'est
que la loi a voulu l'admettre, et que ce n'est là qu'une
indivisibilité légale.

L'hypothèque et le gage sont également indivisibles.
Là, en effet, c'est la chose qui s'oblige, et la chose telle
qu'on l'a fait entrer dans le contrat n'existe qu'avec

toutes les qualités qui lui appartiennent ; si on en retranche une, la chose n'existe plus, il ne peut plus y avoir lieu à la convention de gage ou d'hypothèque, puisqu'il y a un des obligés qui manque ; alors la chose étant élevée à la qualité de sujet de droit, de sujet passif, il est vrai, mais étant mise à cet égard sur la même ligne qu'une personne doit être réputée de même condition qu'elle. La chose est là pour répondre aux assignations comme le ferait une personne, et pour fournir au créancier tous les fruits dont elle est susceptible : or, une personne ne peut être assignée en partie, on ne conçoit pas de division en ce qui la concerne ; il n'y en a pas non plus en ce qui touche l'hypothèque.

C'est donc, suivant nous, une erreur de Dumoulin et des auteurs qui ont écrit après lui, que d'avoir dit que l'hypothèque n'était pas indivisible par sa nature, qu'on pourrait la stipuler divisible, qu'en un mot, c'était là une indivisibilité simplement légale (*Dum. part.* 3, n. 26).

Nous croyons que sans doute l'indivisibilité de l'hypothèque et du gage est légale, mais en ce sens seulement que ce sont là des contrats établis par la loi, et que la loi eût pu ne pas autoriser : mais la loi les ayant autorisés, il fallait que ces contrats fussent tels, car, soumettant ainsi les choses matérielles à une obligation, elle ne pouvait se dispenser de les mettre sur la même ligne que les personnes obligées.

Je vois bien d'où vient l'erreur, c'est qu'on ne veut voir dans l'hypothèque que le secours qu'elle prête à la dette primitive, et en ce sens on dit qu'elle est l'accessoire de cette dette ; or, en se reportant à ce seul point de vue, on est entraîné à dire que la dette principale étant divisible, la dette accessoire de l'hypothèque ne peut être que divisible; et cette confusion était d'autant plus naturelle sous l'ancien droit, que l'hypothèque alors résultait du seul fait de convention.

Mais, d'après ce que nous avons dit, cette erreur n'est plus possible, nous nous sommes placés à un autre point de vue. Ce n'est pas tant aux effets qu'aux principes de l'hypothèque que nous devons nous attacher; et ces principes, nous les avons énoncés, ils repoussent d'une manière énergique la divisibilité qu'on voudrait introduire, ils constituent l'hypothèque dans une condition toute spéciale, et peu importe maintenant quelles conséquences en résultent, puisque, indépendamment d'elles, on peut assigner un caractère à l'hypothèque, à la différence de ce qui à lieu pour les servitudes, qui n'ont de sens que par l'uaage qu'on en fait, tandis que pour l'hypothèque il y a un droit à part, un droit réglé d'une manière particulière, précisément par suite de ses principes constitutifs. On n'a donc point à se préoccuper des motifs qui ont amené ce contrat, ce serait à n'en pas finir, s'il fallait entrer dans tous ces détails, si, pour déterminer la part de chaque chose, il fallait, quand on peut s'en dispenser, examiner le but qui les a fait naître. Ecartant donc toutes ces considérations et voyant dans l'hypothèque un principe qui les rend tout à fait indépendantes des autres contrats, nous en prenons acte, et nous le signalons sous toutes les faces qu'il présente.

Et la confusion devrait être plus facilement évitée de nos jours, car l'hypothèque ne se mêle plus aux autres contrats, car il faut un contrat spécial pour qu'elle ait

lieu, car elle a besoin d'être nominativement consentie
pour qu'on en reconnaisse l'existence. Il entre donc plus
que jamais dans la pensée de la loi de distinguer l'hypothèque de l'obligation pour la sûreté de laquelle elle est
consentie, et puisque c'est seulement sur cette obligation
principale qu'on s'appuyait pour prétendre que l'hypothèque était naturellement divisible, il n'y a plus aujour-
d'hui de raison qui puisse nous porter à défendre encore
cette opinion.

On argumente à cet égard, comme sur tous les autres,
des lois romaines. Dumoulin cite, comme étant en faveur
de son opinion, la loi 7, § 3, Dig. *Quibus modis pignus
vel hypotheca solvitur ;* mais il en tire une fausse conclusion. Cette loi ne dit pas le moins du monde que l'hypothèque peut avoir des effets divisibles, seulement elle
laisse au créancier, qui pouvait ne pas exiger d'hypothèque, le droit de ne pas poursuivre pour la totalité, et
cela se pouvait très bien ; car, si le bien engagé se trouve
dans la position d'un débiteur, c'est par suite d'un arrangement des parties, arrangement qui ne change rien
à la nature propre de la chose ; la chose engagée est en
soi divisible, elle n'est indivisible que vis-à-vis du créancier, c'est un droit qui lui a été conféré, et il peut très
bien y renoncer comme à tout autre droit qui lui appartiendrait. D'ailleurs, et toujours en nous référant à l'assimilation que nous avons établie entre la position du
bien hypothéqué et celle d'un débiteur, est-ce que le débiteur ne pourrait pas recevoir une remise partielle de
la dette qu'il a contractée? Eh bien! c'est une remise
également partielle que fait le créancier dans le cas cité
par la loi dont parle Dumoulin ; seulement c'est une re-

mise tacite, puisqu'on la fait résulter du consentement donné par le créancier à la vente de la chose donnée en gage. Dumoulin eût pu également nous citer la loi 8, § 3, Dig., *eod.*, qui parle d'une remise expresse.

Et qu'on ne s'étonne de ce que nous admettions la divisibilité pour les servitudes, et que nous la rejetions pour les hypothèques. C'est que les servitudes n'étant pas une chose naturelle puisque la nature réclame la liberté des héritages, il faut qu'il y ait une convention à cet égard, et que la servitude qui est le résultat de l'obligation, en forme l'objet; tandis que l'immeuble hypothéqué est le sujet passif de la convention que l'on passe; dans un cas, la servitude est la conséquence du contrat; dans l'autre, l'hypothèque en fait la partie constitutive.

Nous n'avons encore parlé que des choses, mais que dire si c'étaient des faits qui fussent l'objet des contrats?

Le mot fait désigne, en général, tout acte accompli; ce mot appliqué aux relations du droit qui consistent dans les rapports des hommes, les uns à l'égard des autres, signifie les actes humains qui résultent de ces rapports; et il faut, pour que les actes humains soient considérés comme ayant une valeur juridique, qu'ils soient le résultat de la volonté et de l'intelligence, et en ce sens on oppose les faits aux autres actes qui nous semblent produits par hasard. Ainsi, on assimile au hasard ce qui se fait par la seule force du corps, ce qui émane d'un furieux, d'un homme ivre, tout cela n'est pas regardé comme provenant de l'individu. Et de même, les seules pensées, les seuls desseins, qui ne sont suivis d'aucun effet, ne sont, en droit, d'aucune importance; on ne doit en tenir compte qu'autant qu'ils peuvent servir à nous faire juger d'un fait déjà accompli.

6

Les faits sont donc l'objet d'une obligation toutes les fois que l'obligation consiste en un acte à accomplir.

On comprend sous le nom de faits deux choses qui semblent s'exclure, les actes à accomplir et ceux dont on a à se dispenser. C'est que les obligations dont nous avons à parler se rattachent davantage à l'homme, puisque c'est ce qui émane directement de lui que l'on considère; c'est que, au milieu de tout, domine la volonté humaine qui est libre d'agir ou de ne pas agir, qui est ainsi placée dans une alternative dont il faut bien tenir compte dans les appréciations que l'on veut faire ; et, d'ailleurs, tout dans la nature est toujours examiné sous le double point de vue de l'être d'un côté, et du néant de l'autre, puisque tout est soumis à une puissance supérieure à tous les phénomènes qui se produisent; or, l'homme dans le cercle étroit du reste où il est renfermé, mais dans lequel il peut s'étendre à son aise, a la même latitude pour ce qui regarde l'exercice de sa volonté; mais sa volonté n'étant pas indépendante, comme celle de l'être suprême, et étant liée, au contraire, par les obligations qu'elle consent ou qu'on lui impose, et ces obligations devant être réglées par la loi, il devient nécessaire de signaler avec soin tous les cas dans lesquels se produit la volonté qui sert de base à l'obligation ; or, il y a toujours une manifestation de volonté dans les actes même négatifs auxquels on s'engage, quelque chose de positif par conséquent, quelque chose qui doit être regardé comme appartenant aux faits, et être nommé de ce nom, de même que tout ce qui se ramène à la volonté. On doit donc mettre dans la classe des faits, les actes négatifs auxquels on se soumet aussi bien que les actes plus proprement appelés positifs.

Mais la faculté d'agir et de se dispenser d'agir, est un des droits les plus précieux qui appartienne à l'homme, et la société maintient ce droit en maintenant la liberté de ses membres. Comment donc concevoir que là puisse être une obligation !

Rien de plus simple, car ce qui est un droit pour les uns est une obligation pour les autres, tout droit devant être maintenu à l'égard de tout le monde, et par conséquent entraînant vis-à-vis de tous la charge de ne rien faire qui puisse contrarier le droit d'agir que chacun possède, et aussi le devoir de faire, suivant ses forces, et dans la mesure de son pouvoir, tout ce qui est essentiel à la conservation de l'ordre social dans lequel on vit; et comme aussi personne ne peut vivre avec d'autres, sans en rien recevoir, il y a encore le devoir de rendre ce que l'on a reçu, et aussi, en cas de contravention, l'obligation de rendre ce que l'on a pris; et de là résulte un réglement de droits et d'obligations réciproques, qui ne laisse pas que d'être assez important; c'est, à vrai dire, tout le fondement du droit, c'est un point qui a trait à tous les rapports généraux qui ont lieu entre les hommes par le seul fait qu'ils vivent en société.

Quant aux rapports particuliers qui sont réglés par les conventions et qui se composent de détails qui n'entrent pas chacun dans le plan général de la société, mais qui, tous réunis, n'en sont pas moins essentiels à son existence, il est encore une foule de circonstances dans lesquelles il y a obligation de faire ou de ne pas faire.

Là il ne s'agit pas des rapports naturels des hommes entre eux, rapports protégés par la société en général, mais de rapports établis entre eux par leur seule volonté, et lorsque ces rapports se traduisent en actes, ces actes étant en dehors de ceux qui proviennent des relations ordinaires, et pour ainsi dire forcées, des hommes dans la société, les actes qu'ils devront faire ou dont ils devront s'abstenir, constitueront contre eux des charges, et c'est seulement à ce point de vue que nous avons ici à examiner les faits.

Ainsi, il y aura obligation de faire toutes les fois que l'acte à accomplir sera de ceux que le débiteur n'aurait pas intérêt à exécuter, à le considérer, abstraction faite de l'obligation qui est survenue.

De même, il y aura obligation de ne pas faire toutes les fois que l'intérêt du débiteur consisterait, au contraire, à accomplir l'acte dont il se dispense, toutes les fois que ce serait un de ces actes que naturellement il aurait le droit de faire, et que seule l'obligation l'empêche d'accomplir.

Mais comment distinguer les obligations de donner d'avec les obligations de faire ; souvent la différence peut n'être pas sensible au premier coup d'œil, il importe cependant de bien l'établir.

La question doit se résoudre en ce sens que c'est la chose principale, considérée dans l'obligation, qui détermine son caractère.

Ainsi, lorsque l'obligation consistera dans la livraison à effectuer d'un certain corps, l'obligation sera de donner, bien qu'il s'y joigne un fait à accomplir ; par exemple, je vous ai promis un cheval, un fonds de terre, c'est une obligation de donner ; il est vrai que l'obligation ne s'accomplira que par la tradition qui consiste dans un fait à exécuter ; mais ici le fait n'est qu'un moyen et non pas un but, ce n'est pas la chose principale, c'est la chose accessoire.

De même, si c'était un fait qui constituât l'objet de l'obligation, bien qu'il vînt s'y joindre la dation d'une chose, la chose n'étant encore qu'un moyen, sa présence ne sera pas comptée dans l'examen qu'on fera du caractère de l'obligation. Telle serait l'obligation de construire une maison : bien alors que le débiteur ne soit pas seulement tenu de fournir l'ouvrage, bien qu'il doive encore fournir la matière et la mettre en la propriété du créancier, peu importe, c'est avant tout le fait de la construction de la maison qu'on a eu en vue, c'est ce fait qui donnera à l'obligation son caractère propre, il y aura donc obligation de faire.

Les obligations de faire se distinguent aussi des obligations de donner par leur étendue. Ces dernières se rapportant à une chose, supposent toujours qu'il en existe pour faire l'objet du contrat stipulé ; il ne peut donc y avoir à cet égard que des obligations positives à la différence des obligations de faire où nous avons vu qu'il y en avait de négatives.

On devrait donc ranger, dans les obligations de cette dernière espèce, celles qui consisteraient à ne pas donner telle ou telle chose, celle par laquelle on s'engagerait à ne pas aliéner un objet que l'on possède. Dans ce cas se trouve l'obligation d'une servitude qui, en général, est l'obligation d'un fonds, et n'entraîne l'obligation contre la personne qu'en tant que celle-ci s'abstiendra de certaines choses ou de certains actes auxquels la propriété qu'il possédait lui donnait droit.

Les faits qui forment l'objet d'une obligation sont donc ou positifs ou négatifs.

Ils sont aussi uns ou complexes.

Les faits sont uns, si, par exemple, ils ne consistent que dans la confection d'un ouvrage à fournir, dans l'engagement qu'on a pris de ne pas faire telle chose, afin de maintenir l'exercice d'un droit de servitude, etc.

Les faits sont complexes si l'un en entraîne un autre, comme, par exemple, quand on s'engage à fournir une possession paisible et vide de tous autres droits étrangers.

Mais les faits en eux-mêmes sont-ils ou non susceptibles de division ?

Si l'on examine l'acte en soi, il est certain qu'il n'admet pas de division, il a lieu ou il n'a pas lieu. Les actes que l'homme accomplit reçoivent l'empreinte de sa personnalité, et la personnalité humaine n'admet aucune espèce de division; c'est là quelque chose de spirituel, il y a donc indivisibilité.

Mais à ce compte toutes les obligations de faire seraient indivisibles, et pourtant la règle générale de la divisibilité s'applique aussi bien aux obligations de faire qu'aux obligations de donner, il n'y a ici aucune exception mentionnée par la loi, il faut donc faire en sorte que la règle générale soit observée; or, on voit qu'il y aura divisibilité si l'on s'attache à rechercher les résultats matériels de l'obligation, on devra donc s'y attacher exclusivement, et comme toutes les obligations de faire produisent toujours de ces sortes de résultats, car autrement elles seraient sans but, toutes ces obligations seront donc divisibles.

Les faits consistent ou en des actes simplement moraux, ou en des actes physiques à accomplir. Dans le premier cas lorsqu'il s'agit d'un acte moral, le fait par lui-même ne sortant pas du domaine de la spiritualité, l'obligation dont elle fait l'objet est bien aussi en elle-même indivisible ; mais ce caractère d'indivisibilité n'aura d'effet qu'autant que le débiteur voudra bien s'y soumettre, s'il refuse d'accomplir l'acte auquel il est soumis, on ne pourra pas l'y contraindre; comme au fait moral se joint une valeur matérielle, c'est seulement à fournir cette valeur matérielle qu'il sera condamné, c'est ce que la loi appelle dommages et intérêts, chose essentiellement divisible, en laquelle elle convertit toute obligation de faire (1142).

On peut donner comme exemple de ces sortes d'obligations, l'obligation de garantir, elle est en soi indivisible; mais on peut fort bien de la part du débiteur la réduire à des effets divisibles ; il n'en serait autrement que si la garantie ne constituait qu'une obligation de ne pas faire, alors la garantie serait opposée par voie d'exception, et le juge pourrait très bien débouter le demandeur par une fin de non recevoir : cela rentre tout-à-fait dans ses attributions et n'est point opposé à la règle de l'art. 1142 ; car il n'y a aucun acte forcé qui en résulte, seulement il y a une usurpation d'arrêtée, et toutes les règles du droit tendent à cet effet, il ne peut pas y avoir d'articles de loi pour en empêcher.

Dans le second cas, lorsque c'est un acte physique à accomplir qui constitue l'objet de l'obligation, il faut examiner la nature de la chose qui doit s'y joindre, et comme c'est en cette chose que consiste l'utilité réelle de l'obligation, c'est d'après elle qu'on devra dire s'il y a divisibilité ou indivisibilité, il ne s'agira que d'appliquer les règles que nous avons déjà posées à l'égard des choses à fournir, et nous savons qu'alors il y a toujours divisibilité au moins intellectuelle. Les mêmes exemples pourraient ici nous servir, sauf qu'il s'agirait non plus de choses à donner, mais à confectionner, à faire pour employer le mot technique.

Seulement ici on ne pourrait pas parler de choses simplement matérielles; toutes celles qui feraient l'objet du contrat auraient dû passer auparavant par un certain travail, ce serait toujours une œuvre d'art qui leur aurait donné une espèce de vie, qui les empêcherait d'être soumises, au moins, à une division matérielle.

Certains auteurs ont contesté qu'en droit romain, l'obligation de faire pût être divisible, et ils ont beaucoup disserté à cet égard. Je ne conçois pas, à vrai dire, la nécessité de toutes les discussions auxquelles on s'est livré; il y a, au Digeste, un texte bien formel, celui de la loi 4, § 1, *de verb. obl.*, où l'on distingue très bien, entre les faits indivisibles et les faits divisibles, *factum quod divisionem recipit*. Comment donc dire alors que cette distinction était inconnue en droit romain.

La raison qu'on en donne, c'est que le jurisconsulte dans la loi citée ne s'occupe que des stipulations prétoriennes lorsqu'il parle de faits qui reçoivent une division, or, on sait que le préteur était beaucoup moins rigoureux que le droit civil; il en devait donc être des stipulations qu'il imposait comme de tout le reste, elles devaient être moins rigoureuses que les stipulations d'une autre sorte, elles admettaient, par conséquent, les considérations diverses résultant des circonstances, elles toléraient pour ce motif l'examen du caractère des faits; mais, ajoute-t-on les stipulations du droit civil étant plus strictes par nature, n'admettaient pas de même cet examen, il n'y avait, en ce qui les concerne, que des faits indivisibles.

Je réponds que ce raisonnement ne prouve rien précisément, parce qu'il veut trop prouver. Il est vrai que les stipulations venant du droit civil étaient plus strictes et plus sévères que celles venant du droit du préteur ; mais l'effet de cette sévérité ne se manifesta pas par le caractère de divisibilité accordé aux premières et refusé aux secondes ; car, s'il en était ainsi, il faudrait aller plus loin, et dire qu'il y a indivisibilité pour toutes les espèces d'obligations de droit civil, pour les obligations de donner comme pour les obligations de faire.

Et puis, y-a-t-il bien lieu de distinguer entre les stipulations de droit civil et celles du droit prétorien, en ce qui concerne les obligations de faire ? Et ne pourrait-on pas dire, avec avantage, que toutes les stipulations de faire sont du droit prétorien ? Je le croirais volontiers ; car, toutes les conventions en droit romain, à l'origine, dérivaient de la mancipation, laquelle exigeait nécessairement par sa nature que l'objet de l'obligation fût certain et déterminé. Or, tout fait, étant une chose indéterminée, ce système ne pouvait admettre d'obligations de faire, et ce fut ce système qui devint la base de toutes les autres obligations de droit civil qui se pratiquèrent par la suite. Le droit civil devait donc conserver des traces de ce système primitif ; et une de ces traces, suivant nous, fut d'omettre en ce qui le concernait, les obligations de faire ou de ne pas faire.

En effet, les admettre c'eût été se mettre de sa part dans une contradiction trop formelle avec ses anciennes prescriptions, et si quelquefois il s'en écarta, ce ne put être d'une manière aussi ouverte : ce n'était que d'une manière presque insensible que les jurisconsultes procédaient à ces sortes de dérogations ; et ils firent ici comme pour tout le reste ; ils n'apportèrent que des modifications qui ne parurent pas toucher au fond des choses : c'est ainsi qu'ils admirent qu'il pourrait y avoir, comme objet, dans les obligations des choses incertaines parce que les choses faisant, dès l'origine, l'objet d'une obligation, on changeait ainsi sans avoir l'air de toucher à rien ; mais on eût évidemment bouleversé toutes les idées, en reconnaissant des obligations de faire ou de ne pas faire, puisqu'on eût donné à l'obligation un autre objet, au lieu de se borner à donner à cet objet d'autres qualités, le fonds et non pas simplement la forme auraient été altérés, pareille espèce de stipulation ne devait donc pas être admise.

Mais ce que ne fit pas le droit civil, le droit prétorien le fit. Là comme dans beaucoup de cas, il corrigea le droit civil en complétant ses lacunes : nous savons que pour ce motif dérivèrent du droit prétorien certaines espèces de stipulations qui, sans lui, n'auraient pas été connues ; les stipulations de faire et de ne pas faire durent être de ce nombre, puisqu'elles étaient indispensables dans les rapports particuliers, et que pourtant le droit civil n'en parlait pas ; lorsqu'on parle de ces stipulations, on sous-entend donc toujours qu'elles sont prétoriennes, c'est là leur caractère général ; on ne peut donc pas s'en emparer pour dire qu'il y a là une exception dans leur manière d'être ; on doit dire que si l'on parle de divisibilité ou d'indivisibilité en ce qui les concerne, on n'a nullement en vue leur origine.

Nous prendrons donc les termes de la loi 4, § 1, pour

ce qu'ils valent , sans chercher à leur attribuer un autre
sens que celui que ses termes proclament , et puisqu'en
ce qui concerne les obligations de faire ou de ne pas
faire le jurisconsulte romain distingue celles qui sont
indivisibles de celles qui ne le sont pas , nous dirons
qu'en droit romain pareille distinction existait.

On objectera , peut-être , contre ce que nous disons
ici qu'à l'origine avant que le droit prétorien existât ,
on reconnaissait en droit romain des obligations de faire ,
de même qu'on reconnaissait aussi à l'origine et malgré
l'empire des formes matérielles auxquelles on était soumis des obligations de bonne foi , sorte de choses qui ,
d'après la commune opinion des interprètes , se jugeait
par l'action *per judicis postulationem* introduite à cet
effet ; et par conséquent si le droit civil ancien admettait
une semblable division pour les obligations , à quoi bon
leur chercher une origine dans le droit prétorien , et s'il
en est ainsi, que devient la conclusion que l'on tire de là
en ce qui concerne la divisibilité ou l'indivisibilité?

Nous répondrons à cela que sans doute il y avait des
obligations de faire et de ne pas faire à l'origine , de
même qu'aussi il y avait sans doute des obligations de
bonne foi , nous croyons en effet que les formes solennelles n'avaient pas un empire tel qu'elles proscrivissent
tout à fait ces sortes de conventions qui sont un besoin
social ; mais nous croyons aussi que là encore ces formes
gardaient leur empire, et que c'était abritées par elles
que ces conventions surgissaient, qu'en un mot ces conventions ne venaient que comme accessoire d'obligations
d'une autre nature. Cela avait lieu au moyen du pacte
de fiducie pour les obligations de bonne foi , et on devait

employer un semblable moyen pour les obligations de faire ou de ne pas faire , et ce qui nous porte d'autant plus à le croire, c'est que précisément dans les cas de fiducie à nous connus, il y avait obligation de faire ; et c'est apparemment à raison de ce caractère accessoire qu'avaient ces sortes d'obligations quelcs textes anciens n'en parlent pas pour ainsi dire.

Mais ce caractère accessoire qu'avait , suivant nous , la stipulation de faire et de ne pas faire, fut cause qu'on ne put de la part des jurisconsultes lui donner par le moyen d'un détour le titre d'obligation principale. Ç'eût été alors , non pas seulement donner un autre objet à la stipulation comme quand on la faisait intervenir pour une chose incertaine , mais encore la constituer dans une circonstance et pour un cas où elle n'avait pas lieu auparavant, et on ne pouvait ainsi faire une pareille dérogation à la loi , elle eût été trop évidente ; et c'est pourquoi comme il était pourtant nécessaire que souvent des stipulations de cette sorte intervinssent, les préteurs interposèrent leur *imperium* pour qu'elles eussent lieu, et ce ne parut pas être une dérogation au droit civil , parce que c'était une conséquence du droit prétorien.

Ce n'est pas à dire pour cela que par la suite il n'y eut pas des obligations de faire, qui n'étaient pas prétoriennes ; mais nous disons que ce fut le droit prétorien qui préalablement les établit, et qu'ensuite si le droit civil vint à en reconnaître, ce fut lorsque le droit prétorien et le droit civil existant, depuis un certain temps , l'un à côté de l'autre , cessèrent d'être autant séparés et leurs principes aussi distincts qu'auparavant, ce qui fit que les règles de l'un et de l'autre purent quelquefois se mêler

et se confondre , et ce fut suivant nous une des circonstances où ce mélange de règles eut lieu ; mais il n'en
fut ainsi qu'à l'égard des dispositions qui s'intro-
duisirent dans le droit civil ; à l'égard , par exemple , des
obligations de bonne foi , des obligations valables par le
simple consentement qui n'existaient pas à l'origine ;
mais ce n'était pas à celles-là qu'on devait songer lorsqu'on parlait des stipulations qui étaient de droit strict ;
et par conséquent , car c'est toujours là que nous voulons en revenir, on ne devait pas reconnaître de distinction
en ce qui touchait les stipulations de faire et de ne pas
faire , et quand le jurisconsulte parle de celles qui rejettent une division , ce doit être en général qu'il s'exprime.

Mais on trouverait précisément dans les obligations
de faire , que le droit civil a plus tard reconnues la
preuve que toutes n'étaient pas indivisibles. Les lois romaines nous en donnent un exemple, qu'il faut rappeler , car il est décisif, c'est celui que fournit la loi 59,
Dig. , *locati*. On y suppose qu'un individu a engagé son
industrie pour construire une maison à un autre individu , la maison étant une chose en soi fort divisible,
l'obligation de la construire est aussi regardée comme
divisible ; la loi citée proclame , en effet , que si une
partie de la maison avait été construite et qu'elle vînt
à être renversée par cas fortuit , le péril retomberait sur
le preneur.

Et les textes qu'on a cités contre cette opinion ne la
détruisent pas. On oppose en premier lieu la loi 72,
prin., Dig., *de verb. oblig.*, laquelle parlant de certaines
obligations de faire , les traite d'obligations indivisibles ,

mais comme l'a fait remarquer Dumoulin, ce n'est pas
au texte seul et à son écorce qu'il faut s'attacher, ainsi
qu'il reproche aux glossateurs de l'avoir fait. Le texte
ne doit être entendu que de ce qu'il dit expressément,
il ne parle d'obligations de faire comme indivisibles
qu'à titre d'exemples, il faut donc prendre ce texte
comme donnant des exemples d'obligations de faire indivisibles ; mais non pas comme donnant, à ces sortes
d'obligations, un caractère d'indivisibilité absolue.

Et c'est à l'aide de cette considération que l'on explique d'autres textes qui semblent eux aussi admettre
l'indivisibilité des obligations de faire. On aura dissipé
toutes les difficultés en ce qui les concerne, quand on
se sera bien pénétré de cette idée que c'est uniquement
à des spécialités qu'ils se réfèrent. C'est ainsi qu'on
explique les lois 2, § 5, 85, § 3, 13, Dig., *de verb.*
obl., 25, § 12, 44, § 5, Dig., *fami ercis.* En effet, ces lois
supposent que le débiteur est convenu que lui et ses
héritiers feraient ou ne feraient pas telle chose, les héritiers étant alors nécessaires à la confection du fait, dès
lors qu'un d'eux manque, le fait ne se présente pas
avec les conditions qui lui sont requises pour constituer
l'objet de l'obligation telle qu'on l'a stipulée, l'obligation
est donc devenue indivisible par suite de la convention
des parties et uniquement par suite de cette convention,
on ne peut donc pas dire que cette indivisibilité aurait
lieu pour ainsi dire malgré eux.

Ainsi, en droit romain les obligations de faire n'étaient
pas nécessairement indivisibles, on a vu pourtant qu'il
y en avait un certain nombre auxquelles on attribuait
ce caractère ; mais c'est qu'alors on se référait à l'obli-

gation même et non pas à l'exécution ; mais aujourd'hui comme c'est surtout de l'exécution qu'on se préoccupe dans l'examen du caractère de l'obligation, et que, à ce point de vue, la divisibilité prévaut, on doit dire que la divisibilité est encore ce qui domine dans les obligations de faire.

Nous avons dit dans quels cas la divisibilité ou l'indivisibilité étaient susceptibles d'entrer dans les obligations, il faut voir maintenant combien il y a d'espèces d'indivisibilités.

CHAPITRE CINQUIÈME.

DES DIFFÉRENTES ESPÈCES D'OBLIGATIONS INDIVISIBLES.

Dans la classification qu'il a eu à faire, le Code civil a suivi la marche qui lui avait été tracée par Dumoulin et Pothier, lesquels reconnaissaient deux sortes d'indivisibilités proprement dites, et une troisième qui était mixte, c'est-à-dire découlant des deux autres.

La première espèce d'indivisibilité est l'indivisibilité absolue que Dumoulin appelait *individuum contractu,* ou plus exactement *individuum naturâ.*

C'est l'obligation qui résulte de ce qu'un objet est d'une nature telle qu'il est impossible de concevoir une prestation partielle, sous quelque point de vue qu'on la considère, soit matériellement, soit intellectuellement. C'est ce qui résulte de l'art. 1217.

Mais ainsi que nous l'avons vu en parlant des choses susceptibles de faire l'objet d'une obligation, il n'y en a aucune qui répugne à une divisibilité au moins intellectuelle , leur nature ne pouvait donc pas donner lieu à l'indivisibilité.

On ne peut pas nous parler des choses corporelles qui sont douées de la vie ou qui sont façonnées par l'art , car on a surtout à envisager , en ce qui les concerne , les services qu'elles peuvent rendre , et là se retrouve la divisibilité. La même observation aurait lieu par rapport aux choses incorporelles.

Il y a bien , parmi ces dernières , l'hypothèque qui ne peut s'accomplir pour partie. Mais l'immeuble n'étant alors qu'un débiteur , qu'un sujet passif dans l'obligation , on ne peut pas dire que l'objet de l'obligation est indivisible.

Certaines obligations de faire pourraient , avec plus de raison , être regardées comme indivisibles *naturâ ;* mais il n'était pas nécessaire de le dire ; car , d'après les principes du droit , ces sortes d'obligations se résolvent toutes en dommages-intérêts qui admettent fort bien une division. Sans doute , ces dommages-intérêts ne constituent pas l'obligation en elle-même , mais c'est à eux toujours qu'on la ramène , il n'y a que des dommages-intérêts que l'on puisse exiger , et en législation , il faut voir les choses sous le rapport des effets qu'elles peuvent produire , et non sous le rapport de la nature abstraite qu'elles possèdent. La législation ne vit pas d'abstraction , mais de réalité.

Il se rencontre bien certaines obligations de ne pas faire qui , comme celles de garantir que l'on fait valoir au moyen d'une exception , peuvent être accomplies suivant leur forme et teneur ; mais ce n'est alors qu'en vertu du pouvoir général du juge qui , se produisant partout de la même manière, n'avait pas besoin d'être ici signalé d'une manière spéciale.

Parmi ces dernières espèces d'obligations, se rencontrent aussi les obligations à une servitude, qui peuvent très bien être regardées d'un côté, comme l'obligation imposée à un fonds de supporter telle ou telle charge, et comme l'obligation imposée au propriétaire du fonds servant, de ne rien faire qui contrarie les droits qui ont été conférés au propriétaire du fonds dominant.

Quoi qu'il en soit, la loi a jugé à propos d'édicter l'art. 1217, et il faudra bien l'appliquer, mais aux seuls cas qu'il est susceptible d'embrasser, c'est-à-dire aux hypothèques et aux servitudes.

La seconde espèce d'indivisibilité est celle que nous appelons *relative*, et que Dumoulin appelait *individuum in obligatione*. Cette indivisibilité a lieu lorsque l'objet de l'obligation étant parfaitement divisible, quant à sa nature, les parties contractantes conviennent qu'il en sera pour les effets du contrat, comme si l'objet était réellement indivisible.

Les conventions qui permettent ainsi à un créancier de demander, et qui obligent un débiteur à payer la totalité de la dette peuvent être de deux sortes.

Ou bien on ne fait que stipuler le droit en faveur du créancier, et l'obligation à l'encontre du débiteur sans s'occuper de la chose à fournir, sans y faire aucune espèce d'attention, alors il n'y a que la volonté des parties qui soit en jeu, il n'y a qu'un lien personnel pour les unir, il y a obligation solidaire.

Ou bien la volonté des parties s'est arrêtée à la chose qui forme l'objet du contrat, et s'est appliquée à lui

7

donner un caractère qui le rapprochât de celui que possèdent les choses formant l'objet des obligations réellement indivisibles, et alors l'obligation devient encore indivisible, et cela devait être permis puisque les conventions sont parfaitement libres.

Et voilà alors comment tout cela se passe. Sans doute, les parties ne portent pas atteinte à la nature des choses, mais cette nature pouvant prendre une multitude de formes, et les parties contractantes pouvant, de leur côté, s'arrêter à celles qu'elles jugeront convenable d'adopter, les contractants excluent tous les rapports à raison desquels la divisibilité viendrait à en résulter, et ne considèrent que celui d'où l'indivisibilité pourrait naître ; ce qui a lieu en vertu d'une intention, ou exprimée ou présumée.

Ainsi, soit un objet purement matériel à livrer, il est permis, il arrive même le plus souvent qu'on fait abstraction de la décomposition qu'on peut lui faire subir pour le considérer comme constituant une individualité ayant ses caractères propres, et par conséquent ne pouvant pas en être privée parce que ce serait l'anéantir.

De même, si c'étaient des êtres matériels doués de vie ou animés par l'art qui formassent l'objet du contrat, on pourrait faire abstraction des services qu'ils procurent pour ne s'attacher qu'au fait de leur livraison, pour ne voir en eux que ce qu'ils sont en eux-mêmes, c'est-à-dire indivisibles à cause de cette partie immatérielle qui domine tout leur être. Et même, on doit dire que la présomption qui rend les choses par nous citées indivisibles, est si naturelle qu'on la suppose presque toujours lorsque rien dans le contrat ne vient la contrarier.

Dans ces deux cas, on a fait abstraction du résultat

produit par la convention pour ne s'attacher qu'au caractère propre de la chose qui en fait l'objet, on peut aussi faire abstraction du caractère de cet objet pour ne considérer que le résultat de la convention.

Telle est l'obligation de livrer un terrain, elle est divisible de sa nature si on le considère en lui-même, et abstraction faite de l'usage auquel il peut être destiné, c'est ce que dit la loi 3, § 3, Dig., *commod. vel contra*. Néanmoins, l'obligation de le livrer serait indivisible si elle était contractée avec des circonstances qui la rendissent telle. Par exemple : je vends un fonds pour y établir un pressoir, est-il dit dans le contrat, ce fonds est bien divisible, mais le rapport sous lequel on le considère dans le contrat le rend indivisible, car si on ne livre qu'une partie, la moitié par exemple, on ne pourra pas y construire de pressoir. C'est ainsi que s'exprime la loi 72, Dig., *de verb. obl.*

C'est par cette considération qu'une chose, divisible en elle-même, peut faire l'objet d'une obligation indivisible, suivant les circonstances sous lesquelles on envisage cet objet que l'on concilie la loi 3, § 3, Dig., *commod. vel contra,* qui dit que l'obligation de livrer un fonds est divisible avec la loi 72, Dig., *de verb. obl.,* qui dit que l'obligation de livrer un fonds, pour y établir un pressoir, est indivisible. La conciliation de ces deux textes avait singulièrement embarrassé les docteurs. Dumoulin, dans son traité, indique seize solutions différentes, et il adopte celle que nous venons de donner.

Nous avons les mêmes observations à faire sur l'obligation de construire une maison. Je pourrais fort bien convenir avec un maçon qu'il me construira le rez-de-chaussée, avec un second maçon qu'il me construira le premier étage. La construction d'une maison est donc une chose toute divisible lorsqu'on considère la construction en elle-même, et abstraction faite de toute obligation dont elle serait devenue l'objet ; mais dans l'obligation de construire une maison, on envisage moins le fait passager de la construction que son résultat final et permanent, c'est-à-dire la maison à construire. Or, une maison n'existe comme telle que par la réunion des parties qui la composent ; elle est indivisible, considérée en elle même, sa construction est également indivisible lorsqu'elle devient l'objet d'une obligation unique imposée au débiteur ; l'obligation de l'entrepreneur ne pourra donc s'accomplir que par la construction entière de la maison, car ayant fait marché pour une maison, si vous ne me faites qu'une partie de maison, ce ne sera pas ce que j'aurai eu en vue dans la convention. Ainsi, disait Dumoulin, au n° 76 de son traité, et Pothier au n° 292 du Traité des obligations, et aussi la loi 81, § 1, Dig., *ad legem Falcidiam.*

Nous aurions de semblables choses à dire à l'égard des obligations de faire et de ne pas faire. Pour celles-là, on pourrait encore, de la part des contractants, faire abstraction du résultat matériel pour ne s'occuper que de l'acte en lui-même, et alors comme on se trouverait transporté sur un terrain immatériel, l'indivisibilité reprendrait son empire.

Telle serait l'obligation d'une journée. On la fait consentir à celui qui a voulu la fournir pour tirer de son travail tel ou tel profit ; mais comme, en général, on ne spécifie pas le genre d'ouvrage auquel on emploiera l'ou-

vrier, ce n'est plus qu'une chose accessoire à l'obligation. Et comme elle n'y est pas considérée à l'état de partie essentielle, il n'y reste plus que des actes de travail
à donner au créancier; et de même que tous les actes,
ceux-là aussi sont indivisibles. (L. 3, §.1 et 15, Dig., *de*
oper. libert.)

Telle devrait être encore l'obligation d'une servitude ;
le plus souvent les parties n'ont, dans le contrat, songé
qu'au fait lui-même par lequel on doit l'exercer, ne mettant qu'en seconde ligne les avantages à en tirer, et ne
paraissant nullement s'en occuper dans le titre qu'ils ont
consenti, ce qui est plus vrai encore pour la servitude
de passage où il y a un trait de temps entre le fait du
passage et l'exploitation du fonds dominant qu'il a pour
but de faciliter ; les parties contractantes ont probablement fait abstraction de ces conséquences, qui, ne
pouvant se présenter avec un caractère bien déterminé
et sous une forme invariable, n'étaient guère de nature
à entrer dans un contrat unique, il y aurait donc ici
presque toujours indivisibilité *obligatione,* si la loi, ayant
déclaré les servitudes indivisibles, ne les avait rangées
dans la classe des indivisibilités *naturâ.*

L'indivisibilité *obligatione* est là pourtant la seule que
l'on doive reconnaître eu égard à la rigueur des principes ; car l'obligation, en elle-même, étant un droit,
une chose incorporelle doit être mise sur la même ligne
que les autres, et comme elle, être déclarée intellectuellement divisible : on ne voit pas, en ce qui les concerne,
de raisons suffisantes pour établir entre elles des différences, il ne peut donc y avoir d'autres raisons que
celles résultant de l'intention des parties.

Mais s'il y a réellement une indivisibilité *obligatione*, il n'était pas nécessaire que le législateur en parlât ; c'est là un effet de la volonté des parties, il lui suffisait de déclarer que la volonté des parties était toute puissante dans les conventions, et c'est ce qu'il a fait dans les art. 1156 et 1175 ; il n'était besoin que d'édicter ces articles pour qu'on respectât l'intention des parties venant à proclamer l'indivisibilité de choses divisibles par elles-mêmes. Pour qu'on ait pu statuer sur cet effet spécial de l'intention, il aurait fallu du moins qu'il fût important et méritât par là d'être signalé ; mais il n'en est point ainsi, cet effet spécial est loin d'en valoir un certain nombre d'autres qui ont été passés sous silence, il valait donc mieux n'en point parler du tout.

Toutefois les auteurs du Code civil ont jugé à propos de le mentionner et même de le définir dans l'art. 1218 ; mais là encore le législateur a été inexact sous plus d'un rapport.

Cet article dit que l'obligation est indivisible, quoique la chose ou le fait qui en est l'objet soit divisible par sa nature, si le rapport, sous lequel elle est considérée dans l'obligation, ne la rend pas susceptible d'exécution partielle.

Il y a d'abord une inexactitude grammaticale, une faute de français. La loi dit : *le rapport sous lequel elle est*, il aurait fallu dire *le rapport sous lequel il est*, car ce membre de phrase se rapporte au mot *fait* et non au mot *chose*.

Et il y a aussi une inexactitude de pensée, une faute de logique. La loi dit que l'obligation *n'est pas rendue susceptible d'exécution partielle*, il semblerait résulter de là que dans l'indivisibilité *obligatione*, cette indivisibilité n'affecte que l'exécution, ce qui serait les confondre avec l'obligation indivisible *solutione* dont nous allons parler. Il eût été plus exact de dire *ne la rend pas susceptible de parties*, et c'est, en effet, de cette manière que s'exprimait Pothier, n° 292.

L'indivisibilité *solutione* est, en effet, cette indivisibilité de la troisième espèce dont nous avons à parler.

Cette indivisibilité a lieu lorsque la chose due, étant par elle-même divisible, pouvait être livrée par parties, et se trouve, en effet, constituer des parties divisibles dans l'obligation qui en résulte; mais ne peut cependant être payée de cette manière bien que restant divisible.

C'est encore en vertu du consentement des contractants, que cette indivisibilité existe, c'est aussi le consentement des contractants qui opère la seconde espèce d'obligations indivisibles dont nous avons parlé. Comment donc distinguer l'une de l'autre ces deux sortes d'obligations indivisibles?

On répond que dans les indivisibilités de la seconde espèce, le consentement des contractants a bien plus d'empire pour les constituer, que dans les indivisibilités de la dernière espèce.

Dans le premier cas, l'obligation est indivisible à cause du rapport sous lequel la chose à livrer ou le fait à accomplir, forme la matière de l'obligation; et c'est la volonté des contractants qui a déterminé ce rapport; mais, par contre-coup, ce rapport, une fois déterminé, l'indivisibilité de la prestation en devient la conséquence nécessaire; à tel point que les contractants ne pourraient pas, sans dénaturer l'objet de la prestation, convenir d'un paiement partiel : alors ils changeraient l'obligation primitive, ils en consentiraient une nouvelle.

Au contraire, les choses et les faits restent divisibles dans le second cas. Lorsqu'il s'agit de l'indivisibilité, *solutione tantum*, il n'y a indivisibilité que dans l'exécution, et cette indivisibilité ne résultait pas nécessairement de l'obligation telle que les contractants l'avaient consentie. C'est comme une clause nouvelle qu'ils y ont ajoutée, qui aurait bien pu ne pas y être, et qui, enlevée du contrat primitif, n'en détruirait ni la nature, ni la substance, car elle n'y est qu'un accessoire non indispensable.

Ainsi, c'est dans un cas l'obligation qui est affectée, dans un autre, c'est seulement l'exécution.

Et les contractants devaient avoir ce droit d'agir ainsi sur l'exécution, c'était un *à fortiori* du droit qui leur était accordé sur l'obligation même; et peu importe encore que l'exécution ait lieu contrairement au rapport sous lequel la chose a été considérée dans l'obligation. Les parties sont toujours maîtresses de régler leurs affaires comme elles l'entendent, et on ne peut gêner le pouvoir qui leur est attribué sous prétexte qu'il en résulterait un acte dont les dispositions ne concorderaient pas parfaitement les unes avec les autres; or, ce serait gêner leur liberté que de les empêcher de l'exercer à cet égard. L'exécution est un fait qui leur appartient comme tout ce qui se rattache au contrat.

On dira peut-être, mais quel avantage y a-t-il à ce qu'une chose qui s'exécute indivisément, ait un caractère divisible? C'est que, de cette manière, tous les effets de l'obligation en dehors de l'exécution, auront lieu comme dans les obligations divisibles.

Puis donc qu'il est bien constaté que dans ce cas, l'obligation n'a pas perdu son caractère de divisibilité, on doit dire que cette division produit tout son effet vis-à-vis des créanciers, et que s'il y en a plusieurs, un seul n'aura pas la permission de prendre les droits de tous, un seul ne pourra exiger l'exécution complète de l'acte, comme si l'obligation était indivisible soit *naturâ*, soit *obligatione*. L'indivisibilité n'ayant ici trait qu'à l'exécution, ne peut être séparée de ceux qui doivent exécuter, c'est-à-dire des débiteurs.

De plus, tant qu'on est dans les termes de la demande, les débiteurs eux-mêmes ne doivent pas ressentir les effets de l'indivisibilité; et comme un seul créancier n'est pas capable de demander tout l'émolument, un seul débiteur ne devrait pas se trouver exposé à être poursuivi pour donner toute la charge. En effet, quand on poursuit le paiement, c'est uniquement l'obligation qu'on invoque, c'est au droit seul que l'on s'attache, le paiement à intervenir ensuite n'est qu'un fait qui ne peut porter au droit aucune atteinte; et peu importe que le paiement soit indivisible, il faut, avant tout, respecter la divisibilité du droit, c'est-à-dire qu'il faut poursuivre tous les débiteurs, et non pas s'adresser à un seul : c'est la seule marche régulière à observer; mais une fois qu'on s'y sera soumis, comme le paiement ne doit pas être divisé, tous les débiteurs se trouvant assignés, un seul ne pourra se libérer en offrant sa part : alors ce n'est plus l'obligation, ce n'est plus le droit qui est en cause, c'est l'exécution, c'est le fait qui s'accomplit, et là il y a indivisibilité.

Nous avons exposé ici, d'après les anciens principes, la théorie de l'indivisibilité *solutione*. Le Code reconnaît

encore cette espèce d'indivisibilité, il n'en parle pas
d'une manière expresse, mais il a attribué, dans l'art.
1221, § 4 et 5, à certaines obligations par lui regardées
comme divisibles, des effets tels, quant à l'exécution,
qu'il faut bien mettre ces obligations dans une clause à
part. Et puisque c'est par leur exécution qu'elles diffèrent des autres divisibles, il faut bien dire qu'étant divisibles par elles-mêmes, si elles ont un effet indivisible,
c'est qu'elles sont indivisibles *solutione*.

Et ces obligations se présentent bien avec la différence
fondamentale que nous avons dit exister entre elles et les
indivisibilités *obligatione*, et c'est de l'art. 1218 que l'on
tire cette différence. Cet article dit que l'exécution, dans
le cas qu'il signale, n'est pas partielle, *à cause du rapport sous lequel la chose ou le fait sont considérés dans l'o-
bligation :* c'est donc, d'après lui, l'obligation qui détermine ce rapport; et puisque l'impossibilité de l'exécution
partielle résulte de ce rapport, une fois que le rapport
est déterminé, l'exécution doit nécessairement être entière.

Au contraire, s'il s'agit d'indivisibilité *solutione*, comme
la loi n'en parle qu'au chapitre des obligations divisibles, c'est tout l'opposé de l'art. 1218, le rapport, sous
lequel la chose est considérée, la rend donc divisible, il
faut par conséquent, si l'exécution doit être indivisible,
que ce soit en vertu d'un autre élément d'intention de
la part des contractants; que leur intention n'ait porté
que sur l'exécution elle-même.

Mais le Code a changé en un point l'ancien droit, il a
donné une force bien plus grande aux obligations indivisibles *solutione*, car il permet au créancier de poursuivre

un seul des débiteurs pour le tout, ainsi que le porte l'art. 1221, § 5. Et cela a donné lieu aux commentateurs de dire que le Code civil avait confondu les obligations indivisibles *obligatione* et celles indivisibles *solutione ;* cette faculté de poursuivre un seul des débiteurs leur étant commune à toutes deux, et les mettant ainsi sur la même ligne quant à leurs effets.

Ce n'en est pas moins là une erreur; les effets des deux obligations fussent-ils parfaitement semblables, cela ne détruirait pas la différence qui existe entre elles quant à leurs principes, différence reconnue tacitement, il est vrai, mais pourtant reconnue par le Code civil.

Et même il y a encore une différence à établir quant aux effets.

Car la divisibilité de l'obligation indivisible *solutione* n'a pas seulement trait aux débiteurs, elle a trait aussi aux créanciers. Et si, d'après les principes, un seul débiteur ne doit pas être poursuivi pour les autres, un seul créancier ne peut également poursuivre pour le compte de ses cocréanciers la totalité de la dette, ce sont les deux points de divergence entre l'obligation indivisible *solutione* et l'obligation indivisible *naturâ* ou *obligatione.* Le Code a rejeté la première distinction, mais il n'a rien dit quant à la seconde, il faut donc la laisser subsister, et il faudra que les tribunaux l'appliquent.

Du reste, cette différence aura rarement lieu d'être appliquée, ce qui fait que, dans la pratique, la confusion s'est définitivement établie, et on ne saurait justifier les législateurs de cette confusion qu'ils ont amenée ; ce que nous disons n'est que pour expliquer la loi et non pour la justifier. La loi est réellement mauvaise en ce point. Les rédacteurs n'ont pas pris garde à ce qu'ils faisaient : dans la première partie du § 5 de l'art. 1221, ils ont copié Pothier mot pour mot dans son n° 315, puis ils ont ajouté d'eux-mêmes une autre disposition, sans doute sans jeter les yeux sur leur auteur, et ils ne se sont pas aperçus que, immédiatement après le passage qu'ils s'étaient approprié, Pothier, au n° 316, établissait positivement le contraire de ce qu'ils décidaient ; ayant tant fait que de copier Pothier, ils auraient dû au moins le copier tout à fait ; mais comme ils l'ont abandonné en ce point après l'avoir suivi dans tout le reste, il en est résulté que le Code civil ne renferme plus qu'un système tronqué et des dispositions législatives contradictoires ; de telle sorte qu'il est bien difficile de s'y reconnaître, que la théorie est obscure et la pratique inintelligente.

Et quand bien même le Code civil aurait parfaitement suivi les règles de l'indivisibilité *solutione*, il aurait toujours eu tort d'en parler, car il était au moins inutile de s'en occuper. Il y a à cet égard les mêmes raisons à invoquer que dans le cas de l'indivisibilité *obligatione* ; tout dérive ici de l'intention des parties, il suffirait de dire que leur volonté devait être toujours suivie dans ce qu'elle avait de licite.

Tout ce que nous avons dit sur l'obligation indivisible *solutione* est tiré du droit romain. A Rome, il pouvait très bien arriver que, comme chez nous, une obligation étant composée de choses divisibles, il y eût néanmoins une indivisibilité ; mais l'application de cette indivisibilité n'avait guère lieu que dans le cas de dette alternatives ou de choses indéterminées, alors le débiteur avait le choix entre plusieurs objets à fournir, et ce choix ne pouvait lui être enlevé, ce qui fait que le créancier était obligé de comprendre tous ces objets dans sa demande, autrement s'il s'était borné à un seul, il eût réclamé plus qu'il ne lui eût été dû, il eût encouru la peine de la plus pétition (*Inst.*, l. IV, t. VI, § 33); et c'était uniquement afin d'éviter la peine qui fût résultée de là pour lui, que la demande était *in solidum;* et les dispositions de lois rendues à cet égard, tiennent uniquement au système de procédure en vigueur dans les premiers temps du droit romain; mais les interprètes ayant trouvé dans ces textes la consécration d'une indivisibilité *solutione* adoptèrent aveuglément leurs règles, et même les étendirent à des cas qu'elles n'avaient pas prévus, croyant y voir l'énoncé d'un principe général; et tout cela s'est perpétué parmi nous sans qu'on y prît garde, ou du moins sans qu'on s'en rendît parfaitement compte comme de beaucoup d'autres choses qu'on admettait aussi sans qu'on sût trop bien d'où elles venaient : et c'est un reproche que l'on doit faire au Code civil d'avoir admis sans réflexion des distinctions qui n'avaient d'autre titre à faire valoir que celui de leur antiquité; mais qui n'en valaient pas mieux pour cela, puisqu'à l'origine elles n'étaient que le produit de l'irréflexion.

Ainsi, nous n'avons eu jusqu'ici qu'à faire des critiques, tous les principes posés par la loi nous ont semblé faux ou mal exprimés, il y a eu là de graves méprises commises par le Code civil, et l'on doit voir maintenant en quoi elles consistent; on ne peut réellement pas les justifier, elles ne peuvent que s'expliquer par les circonstances qui les ont introduites parmi nous. C'est là un exemple frappant de l'influence d'un grand homme sur les idées. Dumoulin avait inventé ses théories de l'indivisibilité pour concilier entre elles toutes les lois romaines. Ce qui l'avait forcé de créer selon l'exigence de lois plus ou moins contradictoires, un principe ambigu qui pût s'adapter aux unes et aux autres; et on eut le malheur d'adopter partout ce travail de scolastique, comme si c'eût été un de ces monuments du génie qui dominent les législations à venir par la puissance la plus incontestable de toutes, l'empire du vrai.

Toutefois, la loi existe, il faut la prendre telle qu'elle est, nous avons vu les principes, il faut en voir maintenant les effets.

CHAPITRE VI.

DES EFFETS DE L'OBLIGATION INDIVISIBLE.

Le premier effet de l'obligation indivisible, c'est de rendre chacun des codébiteurs de la dette débiteur pour le total, et d'imposer la même obligation aux héritiers de celui qui a contracté une pareille obligation (1222, 1223).

Et réciproquement chaque cocréancier ou chaque héritier d'un créancier peut exiger en totalité l'exécution de l'obligation indivisible (1224, § 1er).

Le législateur a omis de parler du cas où il y a plusieurs créanciers primitifs, il a oublié de copier le nº 329 du Traité des obligations de Pothier, qui met le créancier sur la même ligne que les cohéritiers d'un créancier; mais il est facile de suppléer au silence de la loi, il est évident que le Code civil n'a pas voulu s'écarter de la doctrine de Pothier, et qu'encore aujourd'hui chaque créancier d'une dette indivisible en peut exiger la totalité.

Ainsi, on le voit, c'est comme pour le cas de solidarité, la totalité de la dette peut être demandée par chaque créancier et exigée de chaque débiteur; mais ce droit est encore ici plus étendu, de même que l'obligation qui lui est corrélative, puisque la mort des contractants primitifs n'y met point de termes (1223, 1224).

Mais il faut bien comprendre l'étendue et la portée des droits et de l'obligation dont nous parlons, il faut bien voir comment ils devront s'appliquer, et ne pas s'écarter en ce qui les concerne des règles générales du droit relatives à la manière dont les actions s'accordent aux créanciers et se donnent contre les débiteurs.

Il y a différentes sortes d'obligations, les obligations de donner, les obligations de faire et de ne pas faire. Ces diverses obligations peuvent être indivisibles et donner lieu les unes aussi bien que les autres à une action pour la totalité de la dette

En ce qui regarde les obligations de donner il n'y a rien qui gêne l'action accordée pour la totalité de la dette indivisible. Le créancier peut assigner celui des débiteurs qu'il lui plaira de choisir, et après en avoir actionné un en actionner un autre; et ce, quand bien même les derniers se seraient offerts à accomplir l'obligation, il ne suffit pas de leur bonne volonté, il faut en outre pour que l'obligation s'accomplisse que l'objet en soit fourni; et si le créancier juge que le seul moyen pour lui de se le faire livrer, soit de poursuivre les débiteurs les uns après les autres, rien ne saurait l'en empêcher.

Et même le créancier aurait un pouvoir de plus , si l'obligation de donner portait sur un objet certain et déterminé , alors la propriété aurait été transférée au créancier , ce dernier aurait le droit d'exercer une action réelle contre les débiteurs qui seraient détenteurs de l'objet pour les contraindre à délaisser ; et ce quand même il aurait déjà formé contre un seul ou plusieurs de ces débiteurs une action personnelle pour les contraindre à délivrer l'objet du contrat.

Et ces droits qui appartiennent à un créancier contre plusieurs débiteurs sont aussi conférés à chaque créancier. Quand il y en a plusieurs dans une dette indivisible, l'un d'entre eux peut très bien poursuivre le débiteur pour la totalité, et les autres quand l'action n'est pas arrivée à son terme, peuvent aussi y intervenir à leur tour pour le même objet.

S'il s'agissait d'une obligation de faire, les créanciers auraient bien également le droit d'assigner un débiteur, puis un autre pour leur faire accomplir la dette ; mais ici il y a une différence à établir d'avec les cas précédents, c'est qu'il faudra tenir compte de la bonne volonté que quelques-uns des débiteurs auront montrée. L'obligation, en effet, se résout de suite en des dommages et intérêts, le créancier ne peut en justice réclamer rien autre chose, ces dommages-intérêts sont fort divisibles ; ceux donc qui étaient prêts à satisfaire à l'obligation première, ne pouvant plus être tenus à payer la totalité à raison de la nature de l'objet et n'y étant pas non plus obligés à raison d'un fait de leur part ; ceux-là n'auront à fournir que leur part dans les dommages-intérêts.

S'il s'agissait d'une obligation de ne pas faire, il en

serait de même que pour les obligations de faire ; un seul des débiteurs ayant été assigné, il n'y aurait plus lieu qu'à des dommages-intérêts pour leur part, contre les autres auxquels aucun reproche ne serait imputable.

Dans ces deux derniers cas, l'effet ordinaire des obligations indivisibles est contrebalancé par ce principe que les obligations de faire et de ne pas faire se résolvent en dommages-intérêts.

Il y a seulement cette différence que pour les obligations de faire, rien n'étant accompli tant que le fait promis n'a pas eu lieu, le créancier a le droit de former en tout temps son action ; et, qu'au contraire, l'obligation de ne pas faire étant remplie tant qu'aucun acte n'est intervenu de la part des débiteurs, l'action du créancier ne peut s'exercer que si un des débiteurs a fait un acte contraire à son droit, a fait ce que nous appelons une contravention à l'obligation qui a été consentie.

Il pourrait se faire que l'obligation fût susceptible de n'être accomplie que par tous les débiteurs conjointement. Alors le créancier devrait les assigner tous.

De même il n'aurait pas de choix, il faudrait qu'il s'adressât à un seul des débiteurs, si l'obligation était de nature à ne pouvoir être acquittée que par un seul.

Tel est donc le droit, telle est donc la charge auxquels donne lieu l'obligation indivisible, telle en est l'étendue, telles en sont les limites. Mais remarquons bien que si chaque débiteur doit payer en totalité, que si chaque créancier peut poursuivre la totalité de la dette, ce n'est pas que la totalité soit due par chaque débiteur et à chaque créancier ; c'est toujours à cause de l'impossibilité d'une prestation partielle : et c'est la base des différences qui existent entre les obligations solidaires et les obliga· tions indivisibles. En ce qui regarde ces dernières, on doit bien la totalité *totum,* mais on ne la doit pas *tota- liter ;* il n'y a aucun lien personnel qui unisse entre eux les contractants pour ce qui excède leur part dans la dette.

Ainsi, il n'y a entre les contractants ni société ni mandat, comme pour les obligations solidaires, et de là résultent entre ces obligations et les obligations indivisi- bles, certaines différences, lesquelles cependant auraient dû être plus nombreuses si la loi s'était réellement confor- mée aux principes qu'elle avait adoptés, mais qu'en plu- sieurs circonstances elle a eu le tort d'oublier.

Il n'y a pas de mandat entre les contractants, par con- séquent ce qu'a fait l'un d'entre eux n'a pas effet à l'égard des autres.

Ainsi, nul créancier n'étant maître de ce qui revient aux autres, ne peut abandonner leurs droits même en faveur du débiteur, ne peut par conséquent faire remise de la dette.

La loi a établi cette défense de faire remise même à l'un des créanciers solidaires, d'après l'art. 1198. A plus forte raison, en devait-il être de même à l'égard du créancier indivisible ; car même, le créancier solidaire eût-il pu faire remise, la faculté eût dû en être refusée au créancier d'une dette *in quâ non totaliter debetur.* Aussi doit-on dire que cette disposition de l'art. 1224 étaità peu près inutile, elle découlait naturellement et comme une conséquence forcée de l'art. 1198.

Toutefois la remise qui aura été faite ne sera pas tout-à-fait nulle. L'art 1224, de même que l'art. 1198, veut que cette remise produise son effet pour la part revenant au créancier qui a fait la remise, et que cette remise libère le débiteur pour la part de ce créancier.

Mais on ne pourra pas la respecter de la même manière. Rien n'est plus facile quand la dette est solidaire. Comme elle est divisible, les autres créanciers défalqueront aisément la part déjà connue qui revenait au créancier remettant, et n'agiront pas pour la totalité de la dette, mais pour la dette comprenant leurs parts à eux non remettant.

Mais ici l'obligation étant indivisible, l'action doit encore par suite de la nature des choses s'intenter pour la totalité, les créanciers non remettant ne peuvent rien défalquer de leur demande, il faudra une opération préliminaire pour arriver à déterminer la valeur de ce qui devait appartenir en définitive au créancier non agissant.

Comment donc faudra-t-il s'y prendre?

D'après la doctrine de Dumoulin et de Pothier, n° 328, qui est aussi celle du Code civil, on y parviendra au moyen d'une estimation de la chose due.

Ainsi, le créancier d'une dette indivisible a fait remise de la dette au débiteur; il y a deux créanciers, le débiteur ne sera pas libéré envers l'autre créancier qui pourra toujours lui demander la chose entière, mais ne le pourra qu'en offrant au débiteur de lui faire raison de la moitié de l'estimation de cette chose.

Ici il faut bien prendre garde de tomber dans une erreur grossière, et qui est cependant assez commune. Quand nous disons que l'on doit indemniser le débiteur à qui la remise de la moitié de la dette a été faite, et qui est tout de même tenu de toute la dette envers l'autre héritier, nous n'entendons parler que du dommage que pourrait éprouver le débiteur si l'exécution de la dette avait eu lieu, et non des dommages-intérêts qu'il pourrait devoir à raison de sa négligence à accomplir l'obligation.

Ainsi, la valeur de la chose à donner ou à faire, était de seize mille francs ; en livrant ou en faisant cette chose, le débiteur aura droit à réclamer huit mille francs ; mais si le débiteur ne fait point ou ne livre point cette chose, et qu'il soit condamné pour son refus à payer vingt mille francs, ou autrement dit, si l'obligation primitive se résout en dommages-intérêts estimés vingt mille francs, le débiteur ne pourra encore réclamer que huit mille francs comme dans le premier cas. La raison en est facile à donner, c'est que son obligation a été augmentée par sa faute. Dans le principe la valeur de la chose étant de seize mille francs, on n'en a pu faire remise que de huit mille.

Il faut bien remarquer ici que les cocréanciers ne doivent indemniser le débiteur de la remise qui lui a été faite par un de leurs conjoints que dans le cas où cette remise leur procure un bénéfice réel.

Donnons ici des exemples.

Je me suis engagé envers une personne à lui faire bâtir un édifice sur son terrain. Mon créancier décède laissant trois héritiers ; l'un d'eux me fait remise de mon obligation. Cette remise ne m'empêchera pas d'être tenu envers les deux autres héritiers de leur bâtir l'édifice en entier ; mais alors, comme ces deux héritiers profiteront de la maison en totalité, qu'ils retireront un bénéfice de

la remise faite par leur cocréancier, ils devront m'indemniser, cela est parfaitement clair.

Mais, soit que mon voisin m'ait concédé un droit de
passage sur son terrain : je meurs laissant trois héritiers.
L'un d'eux fait remise de la servitude au débiteur : ce
débiteur pourra-t-il demander aux deux autres héritiers
une indemnité fondée sur ce qu'ils ne sont plus que deux
à jouir de la servitude, tandis qu'avant ils étaient trois ;
mais répondront ces héritiers, la servitude n'est pas plus
avantageuse pour nous, que pouvons-nous retirer de cette
remise? Nous avons le droit de passer, nous passerons
encore, pourvu que nous passions c'est tout ce que nous
demandons; peu importe que nous soyons les seuls à
passer, ou que nous soyons vingt, notre avantage sera le
même dans les deux cas, nous ne serons pas plus riches
dans l'un que dans l'autre.

Cette vérité est de toute évidence, et on s'étonne qu'elle
ait échappé à la clairvoyance de Dumoulin et de Pothier.

Répétons donc et regardons comme incontestable que
quand la remise ne porte aux créanciers aucun avantage,
il est impossible d'admettre qu'ils doivent indemniser le
débiteur.

Ce que nous disons de la remise, en général, doit être
aussi étendu à la remise tacite résultant de la délation
de serment.

Il faudrait dire aussi que la novation faite par l'un des
créanciers avec le débiteur ne serait pas opposable aux
autres.

De même encore, la prescription interrompue en faveur d'un créancier par la demande en justice formée
contre le débiteur, les commandements et les saisies qui

lui ont été signifiés, ne devrait pas être interrompue en faveur des autres créanciers. Toutefois la loi déclare ici le contraire (709, 710); mais c'est à tort, suivant nous.

Les législateurs du Code ont suivi, en cela, Pothier qui appuyait sa doctrine de cette mauvaise raison : que la dette étant indivisible, on ne peut ni la conserver ni la perdre pour partie.

On pourrait fort bien répondre à Pothier que la dette se trouve pourtant conservée pour partie, perdue pour partie, lorsque l'un des créanciers fait remise de la dette, et qu'alors la part de ce créancier est perdue. Or, qu'est-ce qu'interrompre une prescription, c'est réclamer son droit? Qu'est-ce que laisser une prescription s'accomplir, c'est faire remise de son droit d'une manière tacite, donc puisqu'on peut faire une remise partielle, la prescription devrait pouvoir s'accomplir partiellement.

Toutefois la loi a jugé à propos d'adopter cette opinion, il faut bien appliquer ces dispositions, il y a là une assimilation fautive entre les dettes solidaires et les dettes indivisibles.

Il y a cependant une différence ici entre ces deux sortes de dettes, et par un effet bizarre il se trouve que la plus grande extension du droit a lieu à l'égard des créanciers indivisibles.

En effet, quand il y a interruption de la prescription pour un des créanciers solidaires, l'interruption profite bien à tous les autres, à raison du mandat que les uns et les autres se sont donné (1199); mais comme à la mort d'un créancier la créance se divise entre ses héritiers, l'interruption faite par un héritier de l'un des créanciers ne profite pas aux autres héritiers (2249, § 2), elle

ne l'interromprait en faveur des autres créanciers que
pour la part de cet héritier dans la totalité de la créance.

Au contraire, comme l'obligation indivisible passe
avec son caractère d'indivisibilité aux héritiers des créanciers, non seulement l'interruption faite par un créancier
profite aux autres, mais encore celle intervenue au profit
d'un héritier d'un créancier profite à tous.

C'est là ce qui résulte du principe même de l'indivisibilité, ce que l'on peut aussi induire par analogie des
art. 709 et 710, relatifs aux servitudes. Les dispositions
de ces articles ne sont que des conséquences de l'indivisibilité des servitudes; et dès lors elles devaient être étendues à tous les cas d'indivisibilité. D'ailleurs ces articles
sont tirés de Pothier, nos 681, 698, où ce jurisconsulte
s'énonce en termes généraux, et ne parle des servitudes
que comme d'un exemple à citer parmi d'autres obligations de ce genre.

Les codébiteurs d'une dette indivisible n'étant pas plus
mandataires les uns des autres que ne le sont les créanciers, il en devrait résulter que les actes faits par
l'un d'eux ne fussent pas opposables aux autres. C'est
bien là, sans doute, ce qu'a voulu la loi; mais là encore, elle n'a pas toujours bien suivi les effets des principes qu'elle avait adoptés.

Des exemples nous feront mieux comprendre.

Il peut se faire que l'un des débiteurs commette une
faute qui ait occasionné la perte de la chose due. Alors,
la qualité de la chose due, qui seule rendait les débiteurs
obligés à la totalité ayant disparu avec la chose même,
il n'y a plus de raison pour que la même obligation subsiste encore, la chose due se convertit en dommages-

intérêts qui sont parfaitement divisibles. Il faudrait un motif en dehors de la convention primitive pour que les débiteurs fussent tenus au paiement du total ; or ce motif existe bien pour celui qui a commis la faute, mais il n'existe pas pour ceux qui sont étrangers à cette faute. En effet, si la chose était périe par hasard, tous les débiteurs seraient libérés. Eh bien ! quand la chose due périt par la faute de l'un d'eux, la perte ne peut être imputée aux autres, à leur égard c'est comme si la chose avait péri par cas fortuit, la perte étant arrivée par un fait indépendant de leur volonté (l. 48, § 1, Dig. *de leg.* 1°).

Et c'est là une des différences que l'on signale entre les obligations indivisibles et les obligations solidaires.

La reconnaissance de la dette qui interrompt la prescription (2248, 2249) contre celui qui a fait cette reconnaissance, ne devrait l'interrompre que contre le débiteur indivisible de qui elle émane ; mais la loi veut encore et là comme ailleurs que l'interruption ait lieu à l'égard de tous.

Et non seulement la prescription est alors interrompue à l'égard de l'un des débiteurs, mais encore l'interruption émanant de l'un des héritiers du débiteur produit effet à l'égard des autres, puisque l'indivisibilité passe aux héritiers du débiteur, qu'aucune espèce de division ne peut avoir lieu entre eux (2249, § 2).

Duranton, n° 267, prétend que cet effet de l'interruption de la prescription pour l'un des débiteurs étendu à ses codébiteurs, et d'un héritier d'un débiteur à un autre héritier, n'a lieu que dans les obligations indivisibles *naturâ*, et non pas dans celles indivisibles *obligatione.*

Nous ne voyons pas à vrai dire pourquoi ce que l'on décide pour l'une ne devrait pas être appliqué à l'autre ; car
l'intention des parties, en stipulant indivisible une chose
divisible par elle-même, a été sans contredit d'attribuer
à leur obligation tous les effets attachés aux obligations
véritablement indivisibles ; autrement elles n'auraient
pas considéré la chose formant l'objet de leur obligation
sous un rapport qui la rendît indivisible. Duranton cite,
comme professant son opinion, Pothier au n° 647,
Duranton cite à faux. Pothier a parlé de l'objet actuel,
non pas au n° 647, mais aux n°s 681, 697, et là il ne dit
rien de ce qu'on lui fait dire. On prétend qu'il ne regarde
comme permettant d'étendre, d'un débiteur à l'autre,
l'interruption de la prescription que les obligations indivisibles *naturâ :* en effet, il y parle d'une de ces
indivisibilités ; mais ce n'est que comme exemple qu'il la
cite, il suppose donc qu'il peut y en avoir d'autres,
toutes peuvent donc être mises sur la même ligne à cet
égard, dès qu'aucune n'est exclue ; et comme aucune
exclusion n'est prononcée contre les obligations indivisibles *obligatione,* il en est, à leur égard, comme pour
les obligations indivisibles *naturâ.*

Non seulement les contractants d'une dette indivisible
ne sont pas mandataires pour agir, mais encore ils ne
sont pas associés pour supporter les uns les autres ce
qui arrive à l'un d'eux.

Ici donc l'on observerait et avec plus de rigueur encore la disposition de l'art. 1208, qui ne veut pas qu'on
étende à tous les contractants les exceptions personnelles à un seul.

Toutefois la loi, quant à ce qui regarde les créanciers,

a encore émis une inexactitude. Parmi ces derniers, il peut s'en trouver en faveur de qui les prescriptions soient suspendues. Ces causes de suspension proviennent de la qualité des personnes, de leur état de minorité, par exemple, ce qui constitue par conséquent pour elles une exception purement personnelle. La loi cependant veut qu'en pareil cas, la prescription soit suspendue à l'égard de tous ; c'est ce qui résulte de l'art. 710, dont la disposition relative aux servitudes doit être étendue ici encore à tous les cas d'indivisibilité.

Mais quant à ce qui regarde les débiteurs, la loi n'a fait aucune dérogation à la règle, nous n'avons donc qu'à la suivre dans toute sa rigueur.

Ainsi la confusion, la remise et la délation de serment ne profiteront qu'à celui des débiteurs que le fait concerne personnellement. Il en est là comme pour les obligations *in solidum*.

Il faut encore décider que si l'un des débiteurs vient à être insolvable, les conjoints n'ont pas à supporter les suites de cette insolvabilité comme quand il s'agit d'une dette solidaire. Ici les débiteurs respectifs ne devant réellement que leur part, c'est le créancier qui perd la part du débiteur insolvable. A la vérité, comme ce qui touche à l'obligation ne peut être partiellement exécuté, le créancier pourra poursuivre l'un des débiteurs pour le tout ; mais il devra lui tenir compte de la part de l'insolvable.

Et toujours à raison de cette considération que les débiteurs ne sont tenus réellement que de leur part, que chacun d'eux ne doit pas la chose *totaliter*, il s'ensuit que quand l'un d'entre eux est assigné pour le total, il peut appeler les autres en cause pour qu'ils aient à fournir leur part, et que la part d'aucun d'eux ne soit excédée dans le paiement. La loi, à cet effet, accorde au débiteur assigné un délai pour mettre en cause ses codébiteurs (1225).

Et ce délai n'a pas pour but de réserver un recours au débiteur pour l'indemniser des dommages-intérêts qu'il aura payés, car s'il en était ainsi, l'art. 1225 eût été inutile. Le codébiteur d'une dette indivisible ne serait pas dans une meilleure position que le débiteur solidaire, qui peut lui aussi, quoique le Code n'en parle pas, exercer un recours en garantie, et pour cet effet, appeler ses garants en cause, car c'est une faculté de droit commun, et l'article 175 du Code de procédure l'autorise toujours, même lorsqu'il n'y a qu'une garantie simple. Si donc l'art. 1225 a jugé à propos de s'expliquer, c'est qu'il accordait un droit tout particulier aux débiteurs d'une dette indivisible.

Aussi l'art. 1225 a-t-il un tout autre but. Cette mise en cause qu'il autorise doit avoir pour effet de faire distribuer au *prorata,* le montant de la condamnation sur tous les débiteurs, ce qui résulte du texte de Pothier, n° 333 et de l'art. 1225 lui-même, quoique les mots propres ne s'y trouvent pas, mais qui ajoute *à moins que la dette ne soit de nature à ne pouvoir être acquittée que par l'héritier assigné, etc. :* ce qui prouve évidemment que quand la dette peut être acquittée par tous elle peut se distribuer.

Mais l'art. 1225 ne fait qu'accorder un secours au débiteur, il ne le fait pas pour nuire au créancier, dont le droit pour le total de la dette subsiste toujours. Quand le droit du créancier pourrait se trouver compromis, le secours que fournit au débiteur l'art. 1225, ne serait donc pas applicable.

A cet égard, il faut distinguer trois cas comme nous l'avons fait plus haut : ou la dette est de nature à ne pouvoir être acquittée que par le seul des débiteurs qui est assigné, ou elle est de nature à pouvoir être acquittée séparément, soit par celui qui est assigné, soit par chacun des autres, ou elle est de nature à ne pouvoir être acquittée que par tous conjointement.

Dans le premier cas, comme il faut avant tout que le créancier soit payé, celui-là seul qui le peut faire devra se mettre en mesure d'y pourvoir, il n'aura qu'un recours en indemnité contre les autres débiteurs. Tel serait le cas d'une servitude de passage consentie, par un défunt, sur un de ses héritages qui par le partage est tombé à l'un des héritiers.

Dans le second cas, la chose objet de l'obligation étant indivisible, le créancier peut assigner un seul des débiteurs pour le tout; mais la chose pouvant être fournie séparément par chacun des débiteurs, c'est le cas où le débiteur assigné pourra appeler les autres en cause, afin qu'ils aient à fournir leur contingent dans la dette. Ce qui aurait lieu s'il s'agissait d'une servitude qu'un défunt se serait engagé à faire avoir à quelqu'un sur l'héritage d'un tiers. La chose est indivisible puisque c'est une servitude, le créancier peut donc s'adresser à n'importe qui des héritiers du débiteur, mais comme la chose est susceptible d'être acquittée par les autres, et que le débiteur assigné n'est pas tenu *totaliter*, il peut demander un délai pour mettre en cause ses cohéritiers, afin que ces cohéritiers et lui fassent avoir au créancier le droit de servitude qui lui est dû.

Dans le troisième cas, si l'obligation ne peut être acquittée que conjointement par tous les coobligés, un d'entre eux ne jouira pas du droit d'appeler les autres en cause, parce que le créancier n'aura pas le droit de s'adresser à un seul séparément, ainsi que nous l'avons établi plus haut. Par exemple, il s'agit d'un droit de passage par un endroit que le débiteur se réserve de déterminer plus tard, le débiteur est mort avant d'avoir accompli son obligation, il a laissé plusieurs héritiers entre lesquels l'héritage est commun, chacun doit être poursuivi.

L'art. 1225 ne s'applique donc que dans un cas, et même aujourd'hui ce cas est-il devenu d'une rare exécution.

En effet, aujourd'hui la propriété est transférée par le seul fait des obligations, quand il s'agit d'un objet certain et déterminé, l'obligation donne au créancier le droit de faire saisir cet objet entre les mains de celui qui le détient, des tiers comme des débiteurs. Ce moyen, qui est celui fourni par l'action réelle, étant plus expéditif et plus sûr, le créancier en usera toujours contre celui des débiteurs qui sera détenteur, et le fait de la détention n'étant pas commun entre l'individu assigné et ses conjoints, ces derniers ne pourront être mis en cause pour répondre d'un fait qui leur est étranger.

L'art. 1225 ne pourrait donc trouver à s'appliquer que si l'obligation indivisible était d'un objet indéterminé, et c'est, en effet, un exemple d'une pareille espèce que nous avons cité plus haut; mais il est rare qu'il y ait des obligations de cette sorte, et presque sans exemple, que cette sorte d'obligation ait, en outre, un caractère indivisible. Les servitudes sont à peu près les seuls cas d'indivisibilité qui se présentent, et il n'entre guère sous le sens que la détermination de l'assiette de cette espèce de droit soit remise à un certain temps.

Aussi, l'art. 1225 est-il rarement invoqué devant les tribunaux. Et pour mon compte, je me rappelle fort bien d'avoir entendu dire à un des membres de notre barreau et de notre école, jurisconsulte aussi habile que praticien éclairé, que dans le cours d'une carrière de vingt années, il n'avait pas eu une seule fois occasion d'user de l'exception dilatoire dont nous parlons en ce moment.

Tous ces effets de l'indivisibilité, en ce qui regarde les débiteurs, sont applicables aussi bien aux obligations indivisibles *solutione*, qu'à celles indivisibles *naturá* ou *obligatione*, puisque le Code civil met en ce cas ces trois sortes d'obligations sur la même ligne. Mais en ce qui regarde les créanciers, il en est autrement, puisque vis-à-vis des créanciers et du droit qu'ils ont de poursuivre, l'obligation indivisible *solutione* reste divisible.

Mais tous ces effets, dont nous venons de parler, n'ont lieu qu'autant que la chose qui produisait l'indivisibilité subsiste. Si elle cesse d'être due, si l'obligation se réduit en dommages-intérêts, ces dommages-intérêts, consistant en argent, sont parfaitement divisibles, et la dette acquiert ce caractère de divisibilité.

Seulement, si c'était par la faute d'un des débiteurs que cette réduction en dommages-intérêts se trouvât opérée, ce débiteur pourrait être poursuivi pour la totalité des dommages intérêts, non pas sans doute à cause de l'obligation, mais à cause du fait émané de lui, qui a changé le caractère de l'obligation. C'est ce que dit l'art. 1232 , pour le cas où les dommages-intérêts sont déterminés au moyen d'une clause pénale ; c'est aussi ce qu'on doit décider lorsque ces dommages sont déterminés par le juge.

En droit romain comme en droit français , lorsqu'une dette individuelle se réduisait en dommages-intérêts par suite de l'inexécution de l'obligation , ces dommages-intérêts se divisaient entre les héritiers (l. 72 , Dig. *de verb. oblig.*) ; mais il en était autrement si le créancier avait stipulé une clause pénale pour le cas d'inexécution de l'obligation , alors le droit romain décidait que la peine stipulée était due pour le tout par chacun des débiteurs (l. 85 , § 6 , Dig. *de verb. oblig.*), et cela lors même qu'il s'agissait d'une dette principale qui , par elle-même , serait divisible (l. 5 , § 4 , Dig. Cod.). Cette loi parle en effet de la dette d'un capital *sortem* chose qui est parfaitement divisible , et pourtant elle en fait porter la responsabilité sur celui des débiteurs qui aurait payé sa part dans la dette principale ; de telle sorte qu'afin d'éviter d'être soumis à la peine pour la totalité , il faudrait que le débiteur qui a déjà rempli sa part , remplît la part des autres ; seulement celui qui a payé a son recours contre les autres codébiteurs (l. 25 , § 13 , Dig. *fam. ercis.*, l. 2 , § 5 , Dig. *verb. oblig.*)

On considérait sans doute que l'obligation de la peine était l'accessoire de l'obligation principale , et que cette obligation subsistant toujours tant qu'une partie de la dette restait due , l'accessoire attaché à l'obligation en elle-même plutôt qu'à telle ou telle partie de l'objet qui constitue l'obligation , l'accessoire , la peine devait toujours avoir lieu, et que l'obligation qui lui sert de base étant chose en soi indivisible, la peine devait rester telle.

Et ce n'était pas comme pour les dommages intérêts simples ; car ces dommages-intérêts tiennent à l'exécution, chose fort divisible, et qui s'accomplit très bien pour partie ; tandis que la peine est attachée à l'obligation et ne peut en être séparée, qu'elle y entre enfin comme partie constitutive de l'obligation.

Toutefois ce que nous disons ici de l'indivisibilité de la peine, indivisibilité qui résulte de textes fort certains, tout cela semble contredit par un autre texte celui de la loi 4, §. 1, *in med. dig. de verb. oblig.*, où il est dit formellement, il faut bien l'avouer, que chaque débiteur n'est tenu de la peine que pour sa part dans l'obligation.

Cette divergence réelle qui existe ainsi entre cette loi et les autres que nous avons citées plus haut, a fort embarrassé les interprètes ; ils ont imaginé à cet effet des distinctions et des sous-distinctions pour aboutir en définitive à cette dernière distinction de Dumoulin et de Cujas, entre les dettes divisibles *obligatione*, mais indivisibles *solutione*, et les dettes divisibles *tam solutione quam obligatione*. Et l'on décida pour s'y conformer, que quand la loi statuait sur ces premières espèces d'obligations, c'était le cas où elle voulait que la peine fût payée d'une manière indivisible, tandis que dans le second, lorsque la dette était divisible *solutione*, aussi bien que *in obligatione*, c'était le cas prévu par la loi romaine, où elle disait que la peine pouvait se payer divisément.

Cette distinction ne nous paraît pas fondée, et par suite la manière d'expliquer qui en résulte, nous paraît devoir être rejetée.

C'est en effet étrangement s'abuser que de vouloir

distinguer dans la législation romaine entre les obligations indivisibles quant à l'exécution ; et celles indivisibles quant au droit. Ainsi que nous l'avons dit en com-
mençant, les Romains ne faisaient pas de différence quant
à l'obligation en elle-même en égard à son caractère de
divisibilité ou d'indivisibilité ; c'était seulement quant
à l'exécution qu'ils se préoccupaient de ces différences
que la nature des choses établissait dans les obligations.
Or, ici c'est en revenir à ces distinctions que d'établir
comment il y a des obligations qui ne sont indivisibles
que *solutione*, puisqu'on les met ainsi en dehors de ces
obligations qui seraient indivisibles dans le fond même
du droit. Ce motif suffirait à lui seul pour rejeter cette
explication.

Et quand même on l'admettrait en général, ce ne
serait pas ici le lieu de l'appliquer ; car la loi romaine
reconnaît l'indivisibilité de la peine dans le cas où la dette
principale est d'un capital (l. 5, § 3, Dig., *de verb.
oblig.*). Or, jamais chose ne fut plus divisible qu'une
somme d'argent, c'est la première qui se présente à
l'esprit, lorsqu'on veut parler d'objets de cette sorte ;
et c'est, en effet, le premier exemple qu'on en donne,
tandis que la première idée qui vient à l'esprit, lorsqu'on parle des faits à accomplir ou dont on doit s'abstenir, c'est qu'il y a indivisibilité en ce qui les concerne :
or, c'est précisément, en ce qui les concerne, que la loi
romaine parle de divisibilité (l. 4, § 1, Dig., *de verb.
oblig.*).

Il y a donc une toute autre explication à donner de
ces lois, que celle qu'on donne habituellement ; mais
où est cette explication ? elle est toute simple, elle con-

siste à se demander sur quoi statuent ces deux lois citées, et si nous démontrons qu'elles statuent sur des cas différents, la différence, dans les effets, n'aura plus rien qui doive nous étonner.

Or, qui ne voit que le cas sur lequel statue la loi 4, § 1, est tout-à-fait différent de celui dont s'occupe la loi 5, § 4. La première parle d'obligations de faire et de ne pas faire ; la seconde, parle d'obligations de donner. Cela ne revient-il pas à dire, d'après ce que nous avons établi plus haut sur l'origine des obligations de faire et de ne pas faire, que la loi romaine parlant des dernières, a en vue les stipulations prétoriennes, tandis que, en ce qui concerne les autres, c'est des stipulations civiles que la loi entend parler. Nous devrions donc dire déjà que le plus généralement les stipulations de donner étant civiles et celles de faire ou de ne pas faire prétoriennes, la loi dès lors qu'elle n'y fait pas d'exception, range les unes et les autres chacune dans les catégories qui leur appartiennent respectivement ; et cette conséquence qui résulterait déjà des principes mêmes de toute législation, résulterait aussi de la manière dont sont conçues les lois citées. La loi 4 est tirée d'un commentaire sur l'édit prétorien, la loi 5, au contraire, d'un commentaire de Sabinus ; lequel était précisément le représentant de l'ancien système de la législation romaine, et cherchait par toute espèce de moyens à le faire prédominer ; il est donc plus que probable, qu'il n'a entendu les stipulations que de la manière dont les entendait le droit civil primitif, et qu'il n'admettait comme lui que celles qui constituaient une obligation de donner.

Ceci bien reconnu, que c'est dans les stipulations civi-

les que la loi romaine rend la clause pénale indivisible,
et que c'est dans les stipulations prétoriennes que cette
clause pénale est rendue divisible, on s'explique facilement pourquoi les deux lois citées varient entre elles ;
c'est que, dans le droit civil, on s'attachait davantage
à la rigueur des principes, tandis que dans le droit prétorien on s'attachait plutôt aux faits et aux circonstances ;
et, en ce qui concerne les obligations, c'était plutôt
l'exécution qu'on avait en vue que l'examen de leur
théorie constitutive ; et, par suite dans les obligations
civiles, se référant au fond même de la convention qui
en soi est indivisible, la clause pénale devait avoir le
caractère d'indivisibilité ; et, au contraire, dans les stipulations prétoriennes, la clause pénale se trouvant, à
raison du caractère de ces stipulations, affectée aux effets
de l'obligation lesquels sont parfaitement divisibles, devait être divisible comme eux.

Ce que nous disons à l'égard de la clause pénale est
bien évidemment le sens des lois romaines ; et on ne peut
pas nous objecter les lois 24, Dig., *quando dies legat. vel
fidei....* et 115, § 2, Dig., *de verb. oblig.* où l'on prétend
trouver de la part de certains auteurs que la peine se paie
d'une manière divisible, mais cela n'est pas exact. Les
lois citées sont conçues d'une toute autre manière qu'on
ne le prétend ; ce n'est pas à vrai dire d'une clause
pénale qu'il s'agit dans ces lois, ce que là on appelle la
clause pénale, devrait plutôt être considéré comme la
clause principale. La loi 115, *de verb. obl.* et 24 *quando
dies...* parlent d'une somme promise *centum dari, centum spondere,* si tel autre objet n'est pas concédé. C'est
donc sur ces sommes d'argent que porte le *dare,* le

spondere, et ce sont précisément ces termes qui constituent la stipulation, puisque la stipulation avait lieu précisément par le moyen de telle ou telle parole, et que même à l'origine les paroles étaient sacramentelles ; et, par conséquent, les objets auxquels les termes se rapportent doivent être regardés comme étant les objets mêmes de l'obligation.

Et, au contraire, dans les lois 4 et 5, *de verb. oblig.* que nous avons déjà citées, où nous avons dit qu'il y avait clause pénale, où la loi le dit elle-même, l'arrangement des mots est tout différent. Le mot de la stipulation *promiseris* est mis dans la loi 5, à côté de cet autre mot *sortem* qu'elle oppose au mot *pœnam* dont elle parle plus loin ; et si la loi 4, dans la formule de la stipulation qu'elle mentionne, rapproche du mot *promissa*, le mot *pecuniæ* qui entre dans l'obligation à titre de peine, elle a le soin de dire formellement qu'il s'agit là d'une peine ; et si le jurisconsulte s'écarte ainsi de la rigueur ordinaire, c'est qu'il s'agit là de stipulations prétoriennes, et que la rigueur ordinaire n'était alors observée ni dans les mots, ni dans les choses ; mais puisque le législateur a cru devoir s'en exprimer lorsqu'il y dérogeait, il faut donc dire que partout ailleurs il l'a conservée.

Nous sommes donc encore par là amenés nécessairement à dire que dans les lois 24 *quando dies....* et 115 *de verb. oblig*, l'arrangement des mots tend à nous faire regarder comme objet principal de l'obligation, ce qui dans les lois 4 et 5 *de verb. oblig.*, est considéré comme clause pénale.

Et pour qu'on ne nous reproche pas de la subtilité dans ces raprochements que nous avons faits des textes précités, nous ajouterons, en dernier lieu, que la loi 24 *quando dies*..., ne nous fournit pas seulement une formule d'obligation que nous ayons à interpréter, mais qu'encore elle consacre d'une manière claire et précise l'opinion que nous avons émise, et qu'elle se défend, on ne peut mieux, d'avoir établi une clause pénale, puisqu'elle déclare que ce sont les sommes d'argent promises, qui seules pourraient constituer cette clause, qui sont dues en première ligne *centum deberi cœperint*, et que les autres objets qu'elle mentionne ne sont point dans l'obligation *dicimus non esse pœnam legatam*.

Mais, dira-t-on, si les objets autres que les sommes d'argent mentionnées dans la loi 24 *quando dies*...., ne sont pas l'objet principal de l'obligation, et ne sauraient non plus constituer une clause pénale, car là tout s'évalue en argent, que constituent-ils donc dans l'obligation? Eh mon Dieu! rien n'est plus facile à dire, ils constituent une condition, une condition négative, qui n'étant pas accomplie, donne lieu à l'obligation principale de s'exercer, et qui étant accomplie met fin à la possibilité de l'obligation principale, et le mot de condition se trouve d'ailleurs dans la loi 24 déjà citée.

Puis donc que, dans tous les cas où l'on parle d'obligations civiles, on ne peut pas montrer qu'il y ait une clause pénale qui soit divisible, puisque les exemples cités pour prouver qu'il en est ainsi, se rapportent à des cas où il n'y a pas de clause pénale en jeu, nous sommes amenés à dire qu'en tout ce qui a trait aux obligations civiles, la clause pénale était regardée comme ayant un effet indivisible.

Mais ces explications qui concilient parfaitement la

contradiction apparente qui existe entre la loi 4 et la loi 5 *de verb. oblig.*, n'ayant point été aperçues par les interprètes, il en résulta qu'ils se torturèrent l'esprit pour trouver une solution, et que tout parut terminé par la distinction de Dumoulin et de Cujas, qui n'en vaut pas mieux pour être émanée de ces deux savants jurisconsultes, laquelle pourtant s'est perpétuée jusqu'à nos jours, et a trouvé place jusque dans le Code civil. On avait eu le tort de donner aux lois romaines qui parlaient de la clause pénale, un sens trop général; et comme il paraissait étrange qu'une obligation divisible en soi fût indivisible quant à sa clause pénale, on fit de l'obligation divisible de la loi 5, qui consacrait ce résultat, une obligation indivisible d'une certaine espèce; et ce fut à la fin une règle certaine que c'étaient seulement les obligations indivisibles qui rendaient la clause pénale indivisible, règle qui se trouve encore établie dans les art. 1232 et 1233 du Code civil.

Voilà donc quels sont les effets des obligations indivisibles, tant lorsqu'on reste dans les termes de l'obligation que lorsque l'obligation s'est réduite en dommages-intérêts. Tout serait fini là s'il n'y avait encore des difficultés en ce qui concerne les obligations indivisibles *solutione.*

CHAPITRE SEPTIÈME.

DES OBLIGATIONS INDIVISIBLES QUANT A L'EXÉCUTION.

Les diverses obligations qui rentrent dans cette catégorie sont divisibles quant à leur principe; mais certains de leurs effets forment une dérogation , une exception aux règles ordinaires de la divisibilité.

La loi ne parle de ces sortes d'obligations qu'en ce qui concerne les héritiers. C'est qu'elles ont surtout de l'importance à leur égard, et que d'ailleurs Pothier, dont les auteurs du Code ne se sont pas écartés, avait omis de parler du cas où il y aurait plusieurs contractants primitifs. Nous n'en parlerons pas non plus, et nous nous bornerons à faire , comme la loi, l'énumération des cas relatifs aux héritiers ; mais le plus souvent, ce que nous dirons de ces derniers sera applicable aux créanciers et aux débiteurs primitifs, s'il y en a eu plusieurs dès l'origine , et l'on verra aisément quand il y aura lieu de leur étendre les dispositions que nous aurons relatées.

Voyons donc quelles dérogations sont apportées au principe de la divisibilité des obligations entre les héritiers.

D'abord, il peut arriver que les héritiers, au lieu de se diviser les actions, mettent dans un lot une créance contre tel débiteur, et dans un autre lot une créance plus ou moins considérable ; mais cette opération n'attaque pas le principe de la divisibilité des créances. Ce n'est que par suite d'une convention entre les héritiers que l'on parvient à un pareil partage.

Nous ne pouvons cependant citer d'autre exemple de dérogation au principe de la divisibilité des créances entre les héritiers ; il faut donc dire que l'obligation reste toujours divisible sous son rapport actif, c'est-à-dire en ce qui regarde les héritiers du créancier : aussi bien avons-nous déjà dit que l'indivisibilité *solutione* n'avait pas trait aux créanciers.

Le Code n'a donc rien dit à cet égard et avec raison ;

car il suffisait de poser le principe de la divisibilité des créances, aucune exception n'existant à ce sujet.

Toutefois il faut bien remarquer que si une créance avait été divisée entre les héritiers du créancier, et que, postérieurement au partage, l'un des héritiers réunît entre ses mains les parts des autres, il y aurait consolidation, et que la dette revenant ce qu'elle avait été à son origine, une dette unique, elle ne pourrait être payée par parties.

Mais s'il se trouvait dans la succession diverses créances séparées, dues par un même débiteur, et qu'on ait attribué l'une de ces créances à l'un des héritiers, une autre créance à un deuxième héritier, et puis que l'un des cohéritiers devînt propriétaire de plusieurs, ou même de toutes les créances, le débiteur ne pourra pas être forcé d'en payer la totalité en même temps; car ce ne sont pas diverses parties d'une créance qui se réunissent, ce n'est pas une créance autrefois unique qui se recompose, mais ce sont diverses créances qui se réunissent dans la même main et qui n'en restent pas moins distinctes.

Parlons donc de ce qui regarde les héritiers d'un débiteur : il y a là de nombreux cas d'exception au principe de la divisibilité.

Ces cas d'exception comprennent ce que l'on appelait autrefois, ce que l'on appelle encore maintenant indivisibilité *solutione*.

Ces cas, fort peu nombreux dans la législation romaine et qui tenaient au système de procédure alors en vigueur, avaient été étendus dans l'ancienne jurisprudence française, ainsi que nous l'avons dit : on alla jusqu'à ranger dans cette catégorie des exceptions à la divisibilité où l'intention des parties n'était pour rien, contrairement à ce qui avait lieu à l'origine pour les indivisibilités *solutione*.

On peut dire aujourd'hui que les exceptions aux effets de la divisibilité proviennent de deux sources ou de la force des choses ou de l'intention des parties.

Quand c'est la force des choses qui exerce son influence, on doit dire qu'elle a effet sur l'obligation même, et qu'alors si l'obligation garde son caractère divisible, il est venu s'y joindre un fait qui, indivisible par sa nature, lui a imprimé, en ce qui le concerne, son indivisibilité ; de telle sorte que l'obligation est indivisible quant à ce nouvel élément qui est venu s'y mêler : cela a lieu du reste seulement, lorsque se présente un fait qui a besoin de se joindre essentiellement à l'obligation primitive, et ne pourrait sans elle avoir de raison d'être.

Mais quand c'est l'intention des parties qui produit une dérogation aux effets ordinaires de la divisibilité ; il faut dire que, puisqu'elles n'ont pas voulu ôter à l'obligation elle-même son caractère, elle continue de le conserver, que c'est seulement à l'exécution que l'indivisibilité se fait sentir ; c'est donc là seulement qu'on devrait dire qu'il y a indivisibilité *solutione*.

Cette différence était importante à noter. Pothier s'en était un peu douté ; on voit dans son traité des obligations qu'il avait fait deux divisions en ce qui concerne les modifications apportées au principe de la divisibilité. Il avait établi dans son n° 299 *in fine*, que chaque héritier du débiteur *n'était tenu* de la dette que pour sa part, et que chacun des héritiers pouvait obliger le créancier à *recevoir* la dette pour cette part : il y parlait donc des

effets de la divisibilité tant à l'égard de l'obligation elle-
même qu'à l'égard de l'exécution ; dans sa première section, où il s'occupe des modifications apportées au premier effet de la divisibilité, c'est donc de l'obligation qu'il
entend parler ; dans sa seconde section, où il traite des
modifications apportées au deuxième effet de la divisibilité, c'est donc uniquement à l'exécution qu'il se réfère,
par conséquent à l'indivisibilité plus proprement appelée
solutione.

Et tout cela se résumait pour Pothier en cette idée
pratique, que, dans la première classe des exceptions, le
créancier était autorisé à poursuivre un des héritiers
pour le tout, et que, dans la deuxième, se trouvaient les
obligations qui, sans doute, ne pouvaient être partiellement exécutées, mais dans lesquelles un des débiteurs
ne pouvait être poursuivi pour le total; de telle sorte
que cette distinction était autrefois d'une très grande
importance.

Aujourd'hui, le droit de poursuivre un seul des héritiers pour le total étant accordé dans tous les cas au
créancier, cette importance a diminué : aussi la distinction n'a-t-elle été faite nulle part, pas même dans
le Code, qui a tout confondu, tout renfermé pêle-mêle
dans un seul article où l'on voit encore que certains cas
ont été passés sous silence, tandis qu'on en a mentionné
d'autres qui maintenant ne sont plus de mise. Nous allons essayer de débrouiller tout cela, de rétablir un peu
d'ordre en mettant chaque chose à sa place, et aussi de
compléter la loi et de la débarrasser de ce qui la gêne.

Parlons d'abord des cas où il y a exception à la divisibilité par suite de l'intention des parties.

Cette intention peut être ou expresse ou tacite.

L'intention est expresse lorsque les parties s'en sont expliquées dans l'acte d'obligation, lorsque les débiteurs ont formellement déclaré qu'ils s'engageaient à une exécution totale, ou lorsqu'un débiteur unique a déclaré qu'il consentait à ce que ses héritiers fussent, comme lui, obligés à exécuter la totalité. Et c'est à cette dernière circonstance que la loi s'attache; car elle déclare, dans le § 4 de l'art. 1221, qu'il y a exception au principe de la divisibilité des dettes entre les héritiers du débiteur, lorsque l'un des héritiers est chargé seul, par le titre, de l'exécution de l'obligation.

Nous disons que le § 4 de l'art. 1221 parle du cas où c'est en vertu de l'obligation primitive que l'un des héritiers est chargé du paiement de toute la dette : c'est ce qui résulte de ses termes eux-mêmes, car la loi parle du *titre*. Or, on entend par titre tantôt l'événement qui a donné naissance à un droit, tantôt le moyen de preuve qui sert à justifier de l'événement qui a donné naissance à ce droit; et ici il est évident qu'il ne s'agit pas de preuves, qu'il s'agit, au contraire, d'obligations considérées en elles-mêmes d'après leur nature intrinsèque.

Si ce n'était pas le titre même de l'obligation que la loi avait en vue, il faudrait que ce fût par un acte postérieur que l'un des héritiers se trouvât chargé du paiement de toute la dette ; et alors ce serait une obligation nouvelle et non pas l'exécution de l'ancienne.

Cette simple réflexion suffit, ce semble, pour nous faire dire que la loi n'a pas entendu parler de ces sortes d'actes, quels qu'ils fussent.

Nous dirons donc qu'ici il ne peut pas s'agir des conventions passées entre les héritiers d'un débiteur, conventions par lesquelles un seul serait chargé de payer pour les autres. Ceci est tout à fait étranger à l'obligation primitive, ceci n'obligerait même pas les créanciers s'ils n'avaient pas pris part à l'acte ; s'ils y avaient concouru, ils seraient tenus sans doute de s'y conformer, mais c'est qu'ils auraient renoncé à leur premier droit.

L'acte postérieur pourrait être aussi un contrat passé entre le créancier et le débiteur ; et il y a ici une autre raison pour dire que la loi n'a pas entendu en parler, c'est que ce contrat en lui-même ne serait pas valable, il n'aurait pour but que d'engager des personnes étrangères à sa passation, il n'aurait pas, par conséquent, un caractère légal.

On dira peut-être que, d'après l'art. 1122, on peut stipuler pour ses héritiers : oui, sans doute, mais en tant que l'on stipule en même temps pour soi. La loi ne sépare pas dans cet article les héritiers de la personne de leur auteur ; et c'est, en effet, comme représentant de la personne du défunt que les héritiers peuvent exercer ses droits et doivent remplir ses obligations ; or, les héritiers ne représentent leur auteur que eu égard à la part qu'ils recueillent dans sa succession ; en dehors de cette part, ils doivent donc être regardés comme étrangers à la personne et traités comme tels. La règle générale reprendra donc son empire, on ne pourra traiter pour eux pas plus qu'on ne pourrait traiter pour toute autre personne. Or, les dettes se divisent entre les héritiers, précisément parce qu'ils ne sont tels qu'à raison de leur part dans la succession : quand on porte atteinte à cette division, on traite donc pour les héritiers en dehors de ce pourquoi ils représentent la personne , en dehors de ce pourquoi, ils sont héritiers ; on traite donc pour autrui , et c'est là le cas d'appliquer l'art. 1119, qui défend les contrats de cette nature ; et ce ne pourrait jamais être le cas d'appliquer l'art. 1122, puisque le débiteur traiterait pour ses héritiers seulement et non pour lui d'abord.

Il est vrai qu'ici il ne s'agit pas de l'obligation de l'héritier ; qu'elle n'est pas changée , qu'il n'y a que l'exécution d'atteinte ; mais ce n'en est pas moins une charge qu'on impose à cet héritier , une charge en dehors de celles auxquelles il était soumis par sa qualité , une charge à laquelle il n'a pas consenti , et à laquelle, comme tiers , il ne peut être astreint.

L'acte postérieur pourrait être un testament, et par cet acte, en effet, il ne saurait être défendu à un homme de changer les résultats de la division des dettes entre ses héritiers, puisque le testament est un acte laissé à la libre volonté , et que par là on règle les libéralités faites à ceux qu'on appelle à les recueillir. On peut donc régler aussi par testament la manière dont tel ou tel des héritiers contribuera au paiement des dettes , pourvu qu'il n'en résulte aucun préjudice pour les créanciers ; et ici, quand un seul est chargé de toute la dette, c'est plutôt un avantage qu'on procure aux créanciers.

Ainsi, un testament, bien que postérieur à l'obligation primitive , pourrait changer le mode de contribution aux dettes ; mais, outre qu'on ne devait pas en parler ici parce qu'il s'agit d'un acte postérieur à l'obligation primitive , il était en soi inutile de le faire ; car, non seulement un homme peut ainsi donner des ordres à ses héritiers sur ce qu'ils auront à faire, et changer par là les règles de la loi ; mais il a encore le droit de changer les principes même de la loi : il lui est permis non seulement d'imposer une charge à ses héritiers sur les avantages qui leur sont conférés, mais encore de priver ses héritiers de la totalité des avantages qui leur reviennent (en supposant qu'il n'y eût que des collatéraux ou des ascendants). Se trouvant donc maître de changer l'ordre des successions, un testateur peut, à plus forte raison, faire varier les effets de l'ordre fixé par la loi.

Cela était si clair, cela résultait si formellement des principes des testaments, que la loi, disons-nous, n'a pas jugé à propos de s'en expliquer : il était clair aussi que tout débiteur avait le droit de régler, par son titre d'obligation, le mode de contribution aux dettes de ses héritiers ; car il peut, tant qu'il vit, faire de son bien ce qu'il veut : il pourrait en priver totalement ses héritiers par les contrats, à titre onéreux, qu'il passerait, il pourrait leur laisser une multitude de dettes ; à plus forte raison, pouvait-il régler leur part dans ces dettes, charger un seul d'entre eux d'un paiement intégral qui n'est pas pour lui une obligation définitive, l'héritier qui a payé ayant un recours contre les autres pour leur part et portion ; et ce n'est pas ici le cas d'invoquer l'art. 1119, mais bien l'art. 1122, puisque le débiteur a traité pour lui aussi bien que pour ses héritiers.

Il semblait donc qu'il ne fût pas non plus nécessaire de dire que cela était permis au débiteur primitif. La lo n'a peut-être statué, à cet égard, que parce qu'il y avait, en droit romain, des dispositions contraires ; en effet, d'après la loi 56, § 1, Dig., *de verb. oblig.*, lors-

qu'on stipulait que tel héritier serait seul chargé de
l'exécution de l'obligation, la convention était nulle.

Il n'y avait qu'un testateur qui pût ainsi régler à l'é-
gard de ses héritiers : il fallait que le débiteur fît un testament, s'il voulait que l'un d'entre eux ne fût pas chargé
de payer conformément à la division des droits entre eux.

Sans doute, il en était ainsi, en droit romain, à raison des anciennes rigueurs du droit civil en ce qui touchait les conventions. On n'admettait pas, à l'origine, qu'on
pût faire des conventions en dehors des formes prescrites
pour ces sortes d'actes. Les formes de la stipulation consistant en certaines paroles qui, d'abord même, étaient
solennelles, il fallait qu'on les prononçât pour être obligé
par elles : or, les héritiers n'ayant pas prononcé ces
paroles ne pouvaient pas être obligés, pas plus que tout
autre qui aurait été étranger à la stipulation ; et cette
disposition, conséquence des rigueurs de l'ancien droit,
fut conservée, par mégarde sans doute, dans les compi-
lations de Justinien, comme beaucoup d'autres de cette
espèce auxquelles on ne fit pas attention, parce qu'elles
n'étaient qu'une conséquence éloignée de ce qui avait
lieu autrefois.

Mais plus tard, dans l'ancien droit français, comme
on avait rejeté, d'une manière plus positive, les formules
et les solennités du droit romain ; qu'on pouvait contracter librement sous n'importe quelle forme ; qu'on pouvait mettre dans les conventions tout ce qu'on voulait,
il fut permis d'y ajouter une clause accessoire par laquelle
on chargeait un héritier au delà de sa part. Dumoulin et
Pothier, ainsi qu'on le voit dans le n° 313 du Traité des
obligations de ce dernier, avaient tellement restreint

l'étendue de la loi 56, *de verb. oblig.*, qu'à vrai dire on ne la suivait plus.

Quelques auteurs pourtant, et notamment Delvincourt, ont pensé, que sous le Code civil, cette disposition des lois romaines était encore applicable, et que la loi, en parlant de *titre* dans l'art. 1221, n'avait entendu parler que du titre testamentaire; qu'elle excluait toujours tous les autres, et qu'il fal'ait le décider ainsi, d'après l'explication donnée par les textes du droit romain.

C'est là, nous semble-t-il, se laisser un peu trop influencer par ces anciennes dispositions. Il faut, avant tout, rechercher si elles sont bien conformes aux nôtres, et voir, tant d'après le texte que d'après l'esprit de notre législation, si c'est bien là ce qu'elle a entendu dire.

Or, le texte et l'esprit de la loi nous semblent tout à fait contraires à cette interprétation qu'on en donne.

En effet, le n° 4 de l'art. 1221 est général et ne fait aucune distinction. La loi parlant du titre, quel qu'il soit, nous n'avons pas à rechercher ce qu'il est, ou testament ou convention.

Je me trompe, nous devons dire que le titre ne peut être qu'une convention; car, dans notre matière, il n'est pas question de testament, mais bien de conventions. Or, d'après Dumoulin, il faut, lorsqu'un texte est obscur, l'expliquer par les dispositions contenues dans la matière dont il fait partie; nous devons donc exclure d'ici les testaments et n'admettre que les conventions.

Et ce que le texte nous induit à dire, son esprit nous amène aussi à le penser. En effet, on ne peut s'appuyer, dans l'opinion contraire, que du sentiment des lois romaines; mais la loi romaine qu'on invoque n'a jamais

été suivie en France, et c'est une singulière idée, quand
on a, pendant des siècles, oublié de l'appliquer, que de
chercher à la faire revivre sous le Code civil rédigé
précisément d'après la doctrine des auteurs qui ont le
plus contribué à la faire disparaître de nos mœurs législatives.

On insiste pourtant. On s'en prend à la nature de
l'acte, et on dit qu'il ne peut être qu'un testament,
parce qu'il y a là une libéralité, parce qu'en chargeant
un des héritiers de payer ses dettes, c'est-à-dire d'avancer la somme, le débiteur fait un avantage aux autres
héritiers. C'est donc là une donation, une donation de
biens à venir, et on ne peut faire de donations de cette
sorte que dans des cas spéciaux, comme dans un contrat
de mariage.

Nous répondrons qu'on fait ici une confusion ; qu'il
n'y a pas de donation, car il n'y a pas d'héritier gratifié,
car il n'y en a pas un qui supporte de préjudice. Il est
faux de prétendre que, par la convention primitive du
débiteur et du créancier, un des héritiers soit obligé à la
dette pour une plus grande part que celle pour laquelle il
sera héritier : le débiteur, en chargeant un seul des héritiers de payer, n'a pas mis à sa charge une quotité plus
grande, il a seulement réglé le mode de paiement de
telle sorte que cet héritier n'étant tenu, en définitive,
que de sa part dans la dette, ne sera tenu de faire
l'avance de la totalité de la dette, que sauf son recours
contre ses cohéritiers.

La clause par laquelle on met la totalité de la dette à
la charge de l'un des héritiers n'est donc point une
donation, puisqu'elle n'a ni pour but ni pour effet de

procurer un avantage aux autres héritiers, mais de créer un avantage au profit du créancier ; et ce n'est pas là chose qui soit défendue dans un contrat à titre onéreux, lequel, au contraire, sert à régler les avantages qui doivent être attribués soit à l'une, soit à l'autre des deux parties : dès lors donc que des avantages sont accordés soit à l'une, soit à l'autre, on peut les régler comme on l'entend ; or ici, dans la convention primitive, s'il y a pour le créancier l'avantage de pouvoir forcer l'un des héritiers à payer la totalité, il y a pour le débiteur l'avantage que lui procure toujours la chose qu'on lui fournit, en échange de ce qu'il est obligé de payer : rien par conséquent ne peut gêner la liberté des contractants.

Et peu importe que l'on se trouve frapper par là sur les biens à venir. La défense faite à cet égard n'existe que pour les donations, et par elle on a voulu seulement arriver à ce que les hommes ne fussent point ainsi soumis et engagés, quand il n'y avait pas pour cela des raisons fortes et puissantes ; mais il y a une bien forte raison pour les contrats à titre onéreux ; d'obliger ainsi à l'avenir dans la sécurité qui est si nécessaire à ces sortes d'engagements.

Ainsi nous dirons, pour toute réponse aux objections qu'on a faites, que l'héritier qui paie le tout n'y est pas pour cela obligé ; et cela résulte des termes mêmes de la loi qui porte que l'héritier est chargé de l'*exécution*, et qui, par conséquent, reconnaît qu'au fond l'héritier ne doit que sa portion héréditaire ; de telle sorte que l'héritier n'est, à vrai dire, qu'un *adjectus solutionis gratia* ; et rien ne défend d'établir des personnes de cette sorte dans une convention, et de faire par là l'avantage du créancier.

C'est là le seul but de la clause dont nous parlons, et ce but apparaîtrait, d'une manière bien plus formelle, si l'on supposait que l'on fût convenu que le créancier pour-rait poursuivre l'un des héritiers à son choix : dans une pareille clause, il serait de toute évidence que le débiteur ne voulait point avantager l'un des héritiers.

Il résulte de ce que nous venons de dire, que si la con-vention portait que l'héritier qui est chargé de toute la dette, n'aurait point son recours contre ses cohéritiers, cette disposition serait nulle; car il en résulterait un avantage qui ne peut se faire que par testament, cette libéralité ne valant pas comme donation, parce qu'on ne peut pas faire de donation de biens à venir.

Tels sont les cas où, par une clause expresse, il y a lieu à l'indivisibilité *solutione*. Cette espèce d'indivisibilité peut aussi avoir lieu d'une manière tacite. Dans quels cas faudra-t-il donc dire qu'elle existe?

Dans tout contrat il y a deux choses, le consentement des parties, la manière dont se manifeste leur intention et l'objet sur lequel elle se porte. L'indivisibilité devra donc résulter ou du consentement ou de l'objet du con-trat. Toutefois comme il ne s'agit ici d'indivisibilité que dans le paiement, il faut qu'il s'agisse de choses qui évidemment ne soient pas essentielles dans l'engagement et dans l'objet qui le forme, et qu'on ait pu s'en passer pour consentir un contrat composé au fond des mêmes éléments.

La loi dit qu'il y a indivisibilité tacite d'exécution, lorsqu'il résulte, soit de la nature de l'engagement, soit

de la chose qui en fait l'objet, soit de la fin qu'on s'est
proposée dans le contrat, que l'intention des contractants
a été que la dette ne pût s'acquitter partiellement. C'est
la disposition du § 5 de l'art. 1221 : dans d'autres para-
graphes, la loi a cité des cas spéciaux où il y avait indivisibilité de paiement; mais ces cas peuvent rentrer dans
la disposition finale de notre article, et nous les expli-
querons en même temps.

Toutefois, nous avons déjà eu occasion de le dire, la
disposition du quinto de l'art. 1221, où l'on parle de
l'indivisibilité *solutione*, n'a pas paru très distincte de
l'art. 1218, où l'on parle de l'indivisibilité *obligatione;*
mais nous savons aussi qu'on peut, malgré tout, établir
une différence.

C'est l'intention des parties qui constitue l'une et l'autre
indivisibilité; seulement, dans l'indivisibilité *obligatione,*
l'intention existe par cela seul qu'il y a eu contrat fait de
telle sorte, et il faudrait une clause bien formelle dans
l'acte pour que l'indivisibilité en fût bannie : tandis que
dans l'indivisibilité *solutione,* l'intention n'a pas nécessairement lieu, parce que le contrat est conçu de telle ou
telle manière, mais parce qu'il s'y joint des circonstances
qui font établir une clause d'indivisibilité dans l'exécution, ou la font supposer lorsqu'elle n'est pas établie formellement dans l'acte.

Mais alors comment expliquer que ce soit la nature
de l'engagement, la fin qu'on s'est proposée dans le contrat, ou la chose qui en est l'objet, qui donnent lieu à
cette intention. Tout cela se joint bien au contrat lui-
même et en demeure inséparable, on ne voit pas qu'il y
ait une clause spéciale, tout se rattache parfaitement à
l'obligation primitive.

On peut répondre à cela que la loi regarde l'indivisibilité comme résultant de la nature de l'obligation, et que, par conséquent, elle l'en distingue, puisque par là elle considère que c'en est l'effet ; que le reste en est la cause, et que si l'on ne voit point ici de séparation, c'est qu'à vrai dire il n'y en a pas entre l'effet et sa cause, mais que rien n'empêche pour cela d'en reconnaître la distinction, qu'au contraire, rien n'est plus facile à déterminer que cette différence.

Et aussi l'art. 1221 ne montre pas qu'il statue dans les mêmes cas que l'art. 1218. Cet article, en effet, parle *du rapport sous lequel la chose a été considérée dans l'obligation ;* par conséquent, ce rapport fait partie de l'obligation même et ne peut en être séparé ; et l'indivisibilité est tellement liée à l'obligation qu'elle participe à sa nature, tandis que, dans l'art. 1221, l'indivisibilité en est un produit.

Et puis, si l'indivisibilité n'est pas dans l'obligation, ce ne doit pas être nécessairement qu'elle s'y rencontre, avons-nous dit ; et, au contraire, quand l'obligation est rendue indivisible, il devient indispensable que l'indivisibilité s'y rencontre toujours ; et c'est là, en effet, une différence que les textes cités signalent. L'art. 1218 dit que l'obligation n'est pas susceptible d'exécution partielle, et l'art. 1221, tout en portant que l'indivisibilité résulte de la manière dont a été formée la convention, ne dit pas qu'elle en résulte inévitablement, d'où la conséquence que, même en supposant la convention comme l'art. 1221 l'établit, il pourrait très bien se faire que l'exécution n'en fût pas indivisible.

Et c'est ce qui doit servir à distinguer dans les faits

les obligations indivisibles *obligatione* de celles indivisibles *solutione* : c'est, dans le premier cas, l'impossibilité
qu'il y ait division tant que la convention subsiste, les
parties restant maîtresses sans doute de faire une division, mais alors la convention changeant tout à fait de
nature ; et c'est, dans le dernier cas, la possibilité qu'une
division s'opère, la convention n'étant pas pour cela détruite.

Ainsi, je suis convenu que vous me bâtirez un édifice,
c'est bien là une indivisibilité *obligatione*, il répugne que
vous ne fassiez que le tiers, que le quart de la maison,
car il ne peut y avoir de maison qu'autant qu'on l'aura
terminée, et une maison étant cependant demandée dans
l'obligation, on ne remplirait pas les exigences de cette
obligation, on serait en dehors d'elle, une maison étant
une aggrégation de parties, et le corps entier qu'elle
compose n'existant pas avec les qualités qui lui sont requises, dès lors qu'une seule de ces parties viendrait à manquer. Dès lors donc qu'on a parlé de maison, on a exclu
toute division, et quand on en a livré une partie, on n'a
pas exécuté la convention, on est tout au plus en voie
de l'exécuter.

Mais, au contraire, soit que je me trouve emprisonné
pour dettes, je conviens avec vous que vous me donnerez
5,000 francs, somme que je dois au créancier qui m'a
fait incarcérer. Cette obligation par elle-même est bien
divisible ; mais comme le but qu'on s'est proposé était
l'élargissement, et que le créancier ne pouvait pas être
forcé à recevoir une partie seulement de ce qui lui était
dû, le nouveau débiteur a, par là même, consenti à donner toute la somme nécessaire : mais il pourrait fort bien

se faire que l'on vînt à convenir que les 5,000 francs ne seraient pas donnés en une seule fois, et que cependant on obtînt l'élargissement de la part de l'ancien créancier ; car on sait très bien que, réduits à employer la contrainte par corps, les créanciers ne se montrent pas difficiles sur le mode des paiements quand ils peuvent en recevoir ; il arrive même souvent qu'ils se contentent d'une partie de la somme due et qu'ils élargissent, sans espérance d'en recevoir d'autres : ils accepteraient, la plupart du temps, le bénéfice d'une convention par laquelle ils n'auraient que quelque portion minime de ce qui leur est dû, à plus forte raison accepteraient-ils lorsqu'on ne leur imposerait que de recevoir le tout en différents temps. Une convention non indivisible pourrait donc conduire au résultat recherché : la convention primitive, qui produit cette indivisibilité, pourrait très bien ne plus l'admettre, sans que pour cela elle cessât d'exister, puisque le but qu'on s'était proposé pourrait encore être rempli et l'élargissement obtenu ; l'indivisibilité ne touche donc pas à l'essence même de l'obligation, ce n'est et ne peut être qu'une indivisibilité de paiement.

Il en serait de même pour tous les autres cas d'indivisibilités de cette sorte : c'est ce que nous avons établi d'après un exemple, c'est ce que nous verrions aussi en prenant les choses dans leur principe ; partout nous verrions que l'indivisibilité ne résulte pas nécessairement des circonstances que la loi a citées, et qu'il n'eût pas répugné à la formation du contrat que ces circonstances ne se présentassent pas.

D'abord, la loi dit que l'indivisibilité résulte de la na-

ture de l'engagement : or, ce qui fait la nature d'un engagement, c'est ce qui s'y rencontre d'après la volonté
des parties contractantes et uniquement d'après leur volonté, de telle sorte qu'une convention ayant pu se faire
sans ce qu'elles y ont mis, et pourtant se faire sur les
mêmes objets, l'indivisibilité qui provient de là ne touche
en aucune façon à l'essence du contrat.

Puis, c'est à raison de la fin que les parties se sont proposée dans le contrat qu'il y a indivisibilité. Là, il s'agit
du but que les contractants ont voulu atteindre, du résultat qu'ils ont cherché à obtenir, des conséquences
qu'ils ont pensé devoir provenir du contrat d'une manière plus ou moins immédiate. Or, est-ce qu'un contrat
doit nécessairement être déclaré inexistant, par cela
seul qu'il n'aurait pas produit toutes les conséquences
qu'on en attendait, qu'il n'a pas amené tous les résultats
qu'on désirait, qu'enfin l'on n'a pu remplir le but qu'on
s'était proposé? Eh non ! sans doute, car alors il y aurait fort peu de conventions qui pussent se soutenir ;
il n'y en aurait même aucune qui ne fût attaquable :
il faut donc, pour qu'on les annule à raison d'un pareil
motif, qu'on ne puisse supposer que sans lui les parties
aient eu l'intention de contracter, et alors il n'y aurait
pas de convention faute de consentement ; et alors aussi,
en supposant que tout se fût fait comme l'ont voulu les
parties, puisque ce serait là le motif du contrat, l'indivisibilité qui en résulterait ne proviendrait que de l'intention qui a fait contracter les parties, se confondrait
avec elle si bien qu'on ne pourrait les séparer, qu'il y
aurait par suite indivisibilité dans l'obligation elle-même,
et non pas seulement dans son exécution. Mais le respect

que l'on porte aux stipulations , sitôt qu'il en apparaît
une, faisant supposer, à cause de la trop grande facilité ,
que sans cela il y aurait à annuler que la fin qu'on s'est
proposée dans le contrat ne faisait pas partie essentielle
du motif qui a amené les personnes à contracter , il en
résulte que si delà vient à surgir une indivisibilité ,
cette indivisibilité n'a pas trait à l'obligation en elle-
même , qu'elle ne se rattache, par conséquent, qu'à son
exécution, qu'enfin, elle n'est pas plus essentielle au
contrat que la cause qui l'a fait naître.

Enfin , l'indivisibilité d'exécution provient encore de
la chose qui a fait l'objet du contrat. Eh bien! il n'y
a encore là rien qui paraisse essentiel à l'existence d'une
obligation ; car enfin toute chose étant par elle-même
divisible, lorsqu'une chose donne lieu à l'indivisibilité ,
c'est à raison d'une seule qualité qu'elle possède , qu'ici
on lui fait posséder , puisque c'est la convention qui procure à la chose la faculté propre à rendre l'obligation
indivisible : ici donc, il était possible de faire que cette
chose n'eût pas une pareille faculté ; rien n'empêchait de
faire entrer cette chose comme objet dans une convention,
sans que cette qualité qui la rend indivisible lui fût conférée ; de telle sorte que la circonstance à raison de laquelle l'indivisibilité existe, n'était pas plus indispensable que dans les autres cas cités par l'art. 1221, pour
qu'une convention eût lieu sur la chose dont on parle.

Donc, dans aucun de ces cas, l'indivisibilité n'était
amenée d'une manière qui parût nécessaire : elle ne repose pas non plus sur une volonté formellement exprimée , elle ne se base que sur des présomptions , et la
présomption c'est qu'il y aurait un trop grave préjudice

encouru par le créancier, si la divisibilité était admise pour qu'on ait pu croire qu'il avait consenti à ce qu'elle eût lieu ; mais encore une fois rien ne l'empêchait d'y consentir.

Et c'est là la différence pratique qui existe entre l'indivisibilité *obligatione* et l'indivisibilité *solutione ;* c'est que dans celle-ci on ne se préoccupe que de l'intérêt du créancier, tandis que dans l'autre espèce d'indivisibilité les questions de bénéfice et de perte sont mises de côté : on en fait du moins abstraction dans le contrat.

Au reste, il faut avouer que, dans tous les cas d'indivisibilité d'exécution résultant d'une clause tacite, il est bien plus difficile de distinguer ces sortes d'indivisibilités de celles qui sont telles en égard à l'obligation elle-même, que dans les cas où il y a une clause expresse ; car ici c'est à des circonstances qui tiennent à la convention qu'il faut s'attacher ; et l'on comprend, par conséquent, qu'il est quelquefois difficile qu'on puisse les en détacher : on n'a pas mis de clause expresse, parce qu'elle provenait assez bien de la convention ; c'est pour cela qu'il n'est pas aisé de voir que la convention soit susceptible de s'en passer : et au contraire, quand il y a une clause expresse, il n'y a pas à s'y tromper, on n'a qu'à se référer à ce qu'elle établit ; et on a jugé à propos de l'établir sans doute, parce qu'elle ne résultait pas assez, ou ne résultait même pas du tout de la convention telle que, sans elle, elle eût été conçue.

Au surplus, il faut bien ici poser une règle, c'est que le principe de la loi étant de favoriser la divisibilité, et que l'indivisibilité *solutione* se rapprochant beaucoup plus de la divisibilité que l'indivisibilité *obligatione*, on devrait, en cas de doute, adopter plutôt la première.

Voyons donc maintenant chacun des cas spéciaux dans lesquels la loi admet l'indivisibilité tacite d'exécution.

En premier lieu, l'indivisibilité résulte de la nature de l'obligation : nous avons déjà dit ce qu'on entendait par là ; il ne nous reste plus maintenant qu'à donner des exemples.

Le premier que nous ayons à citer est celui qui concerne l'obligation que les Romains appelaient obligations de genre, et que nous appelons, nous, obligations de choses indéterminées dans leur espèce. Le Code attachant au mot *species* espèce l'idée que les Romains attachaient au mot genre *genus*, alors il y a indivisibilité dans le paiement ; mais comme, en pareil cas, il n'y a point de chose sur laquelle on puisse dès l'abord attacher son attention : comme tout dépend de la volonté des parties quant à la chose qui doit être fournie, on ne peut pas dire comme l'a pensé Duranton, p. 410, qu'il y ait indivisibilité à raison de la chose ; ici le matériel de la convention n'étant rien, c'est l'intention des parties qui domine, c'est en vertu d'elle que la chose se paie d'une manière indivisible, c'est en vertu de la nature de l'obligation qu'il en est ainsi : d'ailleurs, Dumoulin disait aussi (part. III, n° 112), qu'en fait d'obligation de genre, la chose n'était pas dans l'obligation.

Ainsi, un individu devait indéterminément un arpent de terre, l'un de ses héritiers ne serait pas recevable à offrir au créancier un tel arpent de terre, jusqu'à ce que l'autre héritier donnât aussi en paiement la moitié d'un autre arpent ; car il pourrait en résulter un inconvénient pour le créancier qui aurait ainsi deux moitiés d'arpents dans deux terrains différents, au lieu d'un arpent dans un même lieu.

Ainsi il faudra que les héritiers s'entendent pour donner l'un et l'autre la même chose ; mais l'indivisibilité du paiement ne consiste que dans cette nécessité où ils sont de s'entendre ; car ensuite, comme la chose en elle-même n'est pas ce qu'on examinait dans le contrat, elle reste dans l'exécution avec la divisibilité qui lui appartient, et rien n'empêche de la payer par partie. Il n'en serait autrement que si la chose à payer était indivisible ; mais alors ce serait une indivisibilité *naturâ* ou *obligatione*, et ce ne serait pas l'indivisibilité d'exécution dont nous avons à nous occuper.

Mais, à supposer que la chose d'abord indéterminée sur laquelle on s'est arrêté fût divisible, cas où les héritiers pourraient très bien payer par partie, il n'y en a pas moins indivisibilité *solutione*, à cause de l'accord forcé qui doit exister entre les débiteurs sur la chose à livrer au créancier, ce qui n'a pas lieu dans les cas contraires où la division des dettes s'opère d'elle-même, sans qu'il soit besoin de rien déterminer à cet égard, où chaque héritier n'a que sa part à payer sans s'occuper du reste. Ici, au contraire, si chaque héritier ne paie que sa part, il faut aussi qu'il s'occupe de ce que donneront les autres, et ce n'est qu'autant que les autres donneront la même chose, que lui pourra payer valablement. La manière dont il paie est inséparable de la manière dont paient ses conjoints ; il y a donc là une espèce d'indivisibilité, et cette indivisibilité n'est que dans l'exécution, puisque l'obligation reste divisible quant à la manière dont les débiteurs sont tenus envers le créancier, et même, en certains points, quant à la manière dont ils effectuent le paiement.

Il y aurait encore indivisibilité dans le paiement, en vertu de la nature de l'engagement, s'il s'agissait d'une dette alternative dans laquelle le choix appartiendrait au débiteur.

Ainsi soit un débiteur d'une maison ou d'une somme de dix mille francs à son choix : ce débiteur laisse deux héritiers ; l'un des héritiers pourra-t-il être admis à payer la moitié d'une de ces deux choses, jusqu'à ce que l'autre héritier paie aussi la moitié d'une quelconque des deux choses? Non, car si, après que l'un des héritiers aurait payé la moitié de la maison, l'autre préférait payer la moitié de la somme, il en résulterait un préjudice pour le créancier, qui, pour ce, doit recevoir en paiement l'une des deux choses entières, mais non pas deux moitiés de deux choses différentes.

Et, en effet, si, dans une dette alternative au choix du débiteur, le créancier peut être forcé de recevoir une des deux choses, le débiteur ne peut le forcer à recevoir une partie de l'une et une partie de l'autre, et cela quoiqu'il offrît en même temps l'une et l'autre partie; ce qui se conçoit de soi-même, ce qui résulte aussi de l'art. 1191. Or, puisque le débiteur primitif ne pouvait pas se libérer de cette sorte, les héritiers qui n'ont que ses droits ne le pourront pas davantage; il faudra donc qu'ils s'entendent pour donner l'une ou l'autre chose promise : mais quand ils se seront entendus, ils ne seront obligés de fournir chacun que leur part dans la chose qu'ils se seront entre eux engagés à donner, à moins que la chose ne fût indivisible; mais alors ce serait une indivisibilité *obligatione* ou *naturâ*, et ici nous ne parlons que d'indivisibilité *solutione*, et nous constatons qu'il en existe.

Et cette indivisibilité a lieu par suite de la manière dont est formée le contrat ; car c'est bien parce que l'obligation est alternative que l'indivisibilité existe, et c'est bien aussi par suite de la nature du contrat qu'existe cette indivisibilité ; l'alternativité n'étant pas une condition indispensable pour que l'on fasse une convention sur deux choses.

Et puis n'y a-t-il pas même raison de décider que dans le cas où il s'agit, de dettes d'une chose indéterminée. Dans ce dernier cas, en effet, on laisse aussi les débiteurs choisir, seulement le choix porte ici sur des choses d'un même genre, les objets particuliers à choisir ne sont pas spécifiés dans la convention ; ce serait à n'en pas finir s'il fallait dénommer toutes les espèces ; tandis que dans l'obligation alternative, les effets sont un peu différents. Ou bien l'alternative porte sur plusieurs objets d'un même genre, et alors il faut qu'ils soient clairement désignés ; ou bien l'alternative porte sur des objets de genre différent, et alors on pourra désigner, d'une manière spéciale, les objets sur lesquels on voudra faire porter le choix, et aussi se borner à indiquer, d'une manière générale, les deux genres, laissant aux parties le soin d'y choisir les individus auxquels elles voudront s'arrêter.

Et ainsi, le choix à faire dans les obligations alternatives est ou plus restreint ou plus étendu que dans les obligations des choses indéterminées ; mais toujours est-il que, dans ces deux sortes d'obligations, un choix devra être fait, et que, par conséquent, il y a entre elles une grande ressemblance.

Et, d'ailleurs, c'était là ce que pensait Pothier, dans lequel nos législateurs ont tant puisé. On voit, en effet, qu'il met dans le même n° 312 ce qui a trait aux obligations alternatives et aux obligations de choses indéterminées, pour dire que dans les unes et les autres il y a exception au principe de la divisibilité : on voit donc que, d'après lui, la ressemblance que nous avons signalée existait ; or, en cette circonstance, nous ne pouvons mieux faire que de nous rapporter à lui.

Toutefois, il faut bien remàrquer qu'il y a dans Pothier une légère erreur. L'indivisibilité dans les obligations alternatives et dans celles de choses indéterminées tient certainement à la nature de l'engagement qui a été contracté, et Pothier, qui mentionne la nature de l'engagement comme une cause d'indivisibilité, parle au commencement de l'obligation alternative et indéterminée, et réserve pour la fin de dire, en général, que la nature des obligations amène l'indivisibilité dans l'exécution. C'est dans le n° 312 qu'il traite des obligations alternatives et indéterminées, et ce n'est que dans le n° 315 qu'il rappelle que l'indivisibilité provient de la nature de l'obligation.

Du reste, le savant auteur ne s'y était pas trompé : il n'ignorait pas que l'indivisibilité dont nous parlons provenait de la nature de l'obligation ; car on n'a qu'à se reporter au n° 315 de son ouvrage, et on y verra qu'ayant mentionné d'autres causes d'indivisibilité, aucun des exemples qu'il y cite n'a trait à la nature de l'obligation ; c'est donc qu'il jugeait inutile d'en parler après ce qu'il avait dit plus haut ; mais s'il montra ainsi qu'il comprenait bien sa matière, on a du moins à lui reprocher de ne l'avoir ni bien classée, ni bien coordonnée.

Et cette erreur de Pothier devait être bien remarquée, car elle en a entraîné une foule d'autres. Les rédacteurs de notre Code civil avaient pris Pothier pour guide ; ils n'en avaient pas d'autres en ce qui touchait la matière des obligations ; et comme la matière de l'indivisibilité était ce qu'il y avait de plus difficile, ils suivirent en ce point leur auteur d'une manière aveugle. Voyant donc que Pothier avait parlé des obligations alternatives comme contenant une exception au principe de la divisibilité des dettes, ils furent entraînés à en parler eux-mêmes, ne faisant pas attention que Pothier n'en parlait que comme exemple, et que si des exemples sont bons à poser dans un traité où l'on doit chercher à tout expliquer, ils ne doivent pas entrer dans la composition d'une loi qui, avant tout, doit renfermer des principes généraux qui puissent s'appliquer à tous les cas.

Les auteurs du Code civil, sans faire toutes ces réflexions, parlèrent donc, dans l'art. 1221, du cas des obligations alternatives. La première rédaction du projet, faite en l'an VIII par la commission du gouvernement, renferma une disposition à cet égard. On voulait en cela reproduire Pothier, et c'était un premier tort ; mais, de plus, comme cet auteur était entré dans des détails d'exemple qui ne pouvaient se trouver dans des textes, on chercha à comprendre tout son n° 312 dans une formule générale. Pothier avait parlé, en général, des obligations alternatives comme exception au principe de la divisibilité : puis, il avait posé un exemple : les auteurs du projet voulurent comprendre dans leur formule et la généralité de la chose et l'exemple particulier qui y était cité ; ils y parlèrent donc et de l'obligation alternative et de la circonstance prévue par Pothier; il leur parut que , dans l'exemple cité par ce jurisconsulte, l'obligation alternative portait sur deux choses, dont l'une était indivisible; ils mirent donc dans leur projet qu'il y avait exception à la règle générale de la divisibilité des obligations , lorsqu'il *s'agissait d'une dette alternative de l'une des deux choses, dont l'une était indivisible ;* c'était ainsi que s'exprimait le projet; et le projet ne contenait pas la disposition du § 5 de l'art. 1221 actuel, extrait du n° 315 de Pothier, on ne songea pas à le reproduire , vu sans doute que ce paragraphe était à une fin de chapitre.

Le projet du Code fut ainsi présenté aux cours et aux tribunaux : ceux-ci y répondirent par des observations. Nous avons dit que les observations furent à peu près nulles en ce qui avait trait à l'indivisibilité des obligations. Le peu que l'on en fit porta sur les obligations alternatives : le tribunal de Toulouse crut devoir demander si l'on avait entendu parler des obligations où le choix à faire était laissé au créancier, ou bien des obligations dans lesquelles le choix était laissé au débiteur ; cela n'eût pas fait de doute aux yeux des membres de ce tribunal, s'ils s'étaient reportés à ce qu'avait décidé Pothier; mais ils voulurent ou ne purent le consulter , de sorte que la disposition resta pour eux un mystère , et ils crurent n'avoir rien de mieux à faire que de recourir à l'oracle, c'est-à-dire au législateur.

Ce fut après toutes ces observations portées sur cet objet et sur beaucoup d'autres , que le Code fut mis en discussion au conseil d'état et au tribunat, avec les additions et les retranchements qu'on jugea à propos d'y

11

apporter. Alors on se laissa surtout influencer par les observations faites, et l'on s'écarta davantage des sources où l'on avait puisé, et notamment en ce qui concerne la partie dont nous nous occupons. Les auteurs du Code voulurent adhérer aux vœux des Cours et des tribunaux. On leur avait demandé un peu plus de détail en ce qui concerne la matière de l'indivisibilité : ils copièrent un peu plus Pothier, et firent entrer dans notre art. 1221 le n° 315 de cet auteur, et ils exprimèrent ainsi d'une manière générale dans quels cas il y a lieu à indivisibilité de paiement. Alors il était inutile de parler de l'indivisibilité résultant de l'alternativité de l'obligation, puisque c'était un cas particulier de celui où l'indivisibilité avait lieu par suite de la nature du contrat ; mais Pothier ayant posé ce cas spécial, on voulut le maintenir sans faire attention que c'était un exemple, et qu'il n'était pas nécessaire d'en parler dans un Code législatif ; et de plus, comme on avait, en ce qui le concernait, désiré des explications, on résolut d'en donner ; mais cette fois, comme le tribunal dont il s'agissait n'avait pas compris Pothier d'où l'on avait tiré la disposition qu'il critiquait, les législateurs qui se référèrent uniquement au vœu qu'il avait exprimé, ne comprirent plus eux aussi ce que signifiait cette disposition, et, dans l'explication qu'ils en donnèrent, ils en dénaturèrent tout à fait la pensée primitive.

On les priait de décider si, dans le cas cité d'obligations alternatives, ils avaient entendu parler de celles où le choix appartenait au créancier, ou bien de celles dans lesquelles le choix appartenait au débiteur : ils se décidèrent pour le premier parti, sans faire attention que le second résultait formellement des termes employés par Pothier.

Le projet de Code civil relatif aux obligations, présenté le 11 brumaire an XII, porta donc, de même que le Code civil actuel, qu'il y a exception au principe de la divisibilité des dettes, *lorsqu'il s'agit de la dette alternative, de deux choses aux choix du créancier dont l'une est indivisible.*

Qu'ont donc voulu dire à cet égard les législateurs? Quelle exception ont-ils apportée par là aux règles ordinaires de la divisibilité?

Leur intention nous est manifestée par l'exposé des motifs du conseiller d'état Bigot-Préameneu.

Ils n'ont pas voulu que le principe de la divisibilité des dettes pût apporter obstacle au droit qu'a le créancier de faire un choix entre les deux choses objet de l'obligation, que sans doute si le choix portait sur une chose divisible, les débiteurs ne seraient obligés de la payer que chacun pour leur part; mais qu'aussi, si le choix portait sur une chose indivisible, chaque débiteur pouvait être forcé de payer le tout.

Mais si c'est là ce qu'ont voulu les législateurs, il faut avouer qu'ils ont été bien mal inspirés; car il n'y a rien ici qui puisse être cité comme présentant une exception; on n'a pas voulu que le créancier fût privé du droit qu'il avait de choisir : rien, en effet, ne pouvait le lui enlever; mais cette faculté qu'il conserve n'aboutit nullement à faire, d'une obligation divisible en soi, une obligation indivisible dans son exécution.

En effet, de deux choses l'une, ou le créancier arrête son choix sur la chose indivisible, ou bien il l'arrête sur la chose divisible.

Si le créancier a choisi la chose indivisible, l'exécution ne pourra pas sans doute s'en faire par parties, le texte de la loi le dit et la raison aussi ; mais ce sera par une raison toute différente, ce sera parce que les choses qui entrent comme objet dans l'obligation étant de son essence et en déterminant le caractère, l'obligation dont le caractère était en suspens jusqu'au choix fait par le créancier ; cette obligation, le choix une fois fait, aura pris le caractère d'indivisibilité ; mais alors ce ne sera plus une dérogation au principe de la divisibilité des dettes, car une dette indivisible ne peut être présentée comme une exception à une règle qui lui est tout-à-fait étrangère : il y aurait donc, en ce cas, indivisibilité *naturá* ou *obligatione ;* il faudrait recourir aux règles pour ces deux espèces d'indivisibilités, et on ne pourrait invoquer les règles relatives à l'indivisibilité *solutione.*

Si, au contraire, le créancier a fait choix de la chose divisible, il ne s'agira pas plus d'obligations indivisibles *naturá* ou *obligatione* que d'obligations indivisibles *solutione ;* il n'y aura pas, par conséquent, exception à la règle de la divisibilité. Ici encore le texte de la loi le dit, puisque c'est seulement lorsqu'il y a une chose indivisible comprise dans l'alternative que l'exception à la règle de la divisibilité est déclarée existante, et qu'ainsi cette exception n'a plus lieu, dès lors que la chose indivisible est écartée de l'obligation. La raison admet encore ce résultat, car dès lors que le choix a été fait, la seule chose qui distinguait l'obligation dont il s'agit des obligations ordinaires ayant disparu, il n'y a plus de motifs pour l'exempter de la règle ordinaire de la divisibilité, d'autant qu'ici il dépendait parfaitement du créancier d'éviter cette divisibilité en faisant un autre choix.

Il n'y a donc, pour admettre ici l'indivisibilité d'exécution, aucun motif tiré ni de la logique, ni de la considération des avantages qu'on doit procurer au créancier ou des préjudices qu'il faut lui faire éviter.

Et voilà la différence qui existe entre le cas où le choix appartient au créancier, et celui où le choix appartient au débiteur : c'est que, dans les deux cas, lorsque le choix porte sur une chose indivisible, l'obligation est divisible en soi, tandis que quand le choix porte sur une chose divisible, il y a indivisibilité dans l'exécution si le choix est fait par les débiteurs, et qu'au contraire l'obligation reste en tout point divisible, si le choix est fait par le créancier.

L'indivisibilité qui existe dans le premier cas vient de ce que les débiteurs sont obligés de s'entendre sur la chose à donner, de ce qu'un seul d'entre eux ne peut payer autre chose que ce que paiera son conjoint, et de ce que, ainsi, il y a un lien qui unit les débiteurs quant au paiement à effectuer.

Et, au contraire, quand le choix appartient au créancier, les débiteurs n'ont nullement à s'occuper de ce que l'un ou l'autre d'entre eux doit payer, ils paient sans doute la même chose; mais ils ne se sont pas entendus à cet égard, il n'y a, quant au paiement, aucun lien qui les unisse, il n'y a rien qui rappelle, à cet égard, l'indivisibilité ; car, pour qu'il en fût ainsi, il faudrait que quelque chose émanât de ceux qui paient, c'est-à-dire des débiteurs.

Il est vrai que, s'il y a plusieurs créanciers, il faudra qu'ils s'entendent sur le choix à faire ; mais il n'y a là rien qui ait rapport à l'indivisibilité, qui y touche même d'une manière un peu éloignée, puisque le réglement du mode est fait par les créanciers, et que rien, à cet égard, n'émane du débiteur, tandis qu'il faudrait pourtant qu'il y eût une obligation commune propre à tous pour qu'il se trouvât un lien commun dans un paiement qui s'effectue d'une manière partielle.

Et puis, ce que font les créanciers, à cet égard, quand il y a plusieurs débiteurs, ils devraient le faire s'il n'y en avait qu'un seul ; tandis que si le choix appartenait aux débiteurs, il faudrait qu'il y en eût plusieurs pour que l'espèce d'indivisibilité dont nous avons parlé pût se présenter. Et pourtant ce n'est pas lorsqu'il y a un seul créancier ou un seul débiteur qu'il y a lieu d'examiner si l'obligation est ou non indivisible ; quand il n'y a qu'un seul débiteur, il faut qu'il paie le tout, mais c'est en vertu d'une toute autre règle que celle de l'indivisibilité de l'obligation. Si donc ici les actes accomplis par les créanciers sont indépendants du nombre des débiteurs , c'est qu'ils ne touchent aucunement à l'indivisibilité.

Et d'ailleurs, les créanciers ne peuvent faire aucun acte qui porte le caractère de l'indivisibilité de paiement, puisque cette espèce d'indivisibilité ne les concerne pas ; ils sont sans puissance à cet égard, l'obligation reste donc en tous points divisible, malgré l'accord qu'ont dû former entre eux les créanciers.

Il n'y aurait indivisibilité, s'il y avait plusieurs créanciers, que dans le cas où, en même temps, il y aurait plusieurs débiteurs, et où encore le choix serait conféré aux débiteurs ; mais alors tout cela se produirait pour des raisons étrangères au nombre des créanciers, et non

pas parce que ces derniers se seraient entendus entre
eux sur le choix à faire ; mais précisément parce qu'ils
n'auraient pu s'entendre et auraient , au contraire , subi
le choix des débiteurs.

C'est donc à tort que les législateurs ont vu dans la
dette alternative, au choix du créancier, une exception
à la divisibilité des obligations entre les débiteurs ; il aurait fallu supposer le cas où la dette étant alternative,
le choix appartenait aux débiteurs , et encore ne fau-
drait-il pas parler du cas où l'une des deux choses serait
indivisible, parce que, dans ce cas, si l'on choisit la
chose indivisible, il s'agira d'une indivisibilité d'obligation et non pas d'une indivisibilité de paiement. Il vau-
drait mieux encore avoir effacé complètement le troisième
paragraphe ; et la disposition qui s'y trouve renfermée
rentrerait parfaitement dans la première du cinquième
paragraphe, qui pouvait très bien le comprendre.

Remarquons, du reste, toujours en nous tenant au cas
où le choix appartiendrait aux débiteurs , que si l'un
avait été libéré, pour sa part, de la dette, soit par la
remise que le créancier lui en aurait faite, soit autrement, rien n'empêcherait alors que l'autre débiteur ne
pût payer l'une des deux choses qu'il voudrait pour la
moitié qu'il doit. Le motif qui empêchait de suivre, en
tous points, la règle de la divisibilité n'existe plus ,
car il n'y a plus désormais à craindre que le paiement se
fasse de portions de choses différentes.

Remarquons encore que l'indivisibilité de paiements
d'une dette alternative cesse d'avoir lieu , lorsque cette
dette, par la perte de l'une des deux choses , cesse d'être
alternative et devient déterminée à la chose qui reste.

Tels sont les exemples que nous avions à citer en ce qui concerne l'indivisibilité résultant de la nature de l'obligation, nous n'avons pas pu en trouver d'autres ; et comme l'indivisibilité qui provient de là est d'un caractère tout particulier, la plupart des auteurs ont prétendu qu'il n'existait pas d'indivisibilité de cette sorte.

Mais en voilà assez pour ce qui la concerne, voyons maintenant l'indivisibilité qui a lieu par suite de la fin qu'on s'est proposée dans le contrat.

Nous avons déjà dit qu'on entendait, par la fin qu'on s'était proposée dans le contrat, le but qu'on voulait atteindre, le résultat qu'on cherchait à obtenir. Or, pareille chose se rapporte intimement à l'intention qu'ont eue les parties, l'indivisibilité qui en résulte forme donc, dans le contrat, une circonstance assez grave pour motiver la mention qu'en fait le législateur.

Toutefois certains auteurs ont prétendu qu'il était inutile de parler de cette espèce particulière d'indivisibilité, parce que suivant eux elle n'en faisait qu'une avec celle dont on a déjà parlé comme provenant de la nature de l'obligation, parce que tout, dans l'un et l'autre cas, dépendait uniquement de l'intention des parties, parce que là comme partout, l'intention était sans doute la cause première de l'indivisibilité, mais qu'on n'y reconnaissait pas de causes secondes ; et qu'enfin, sous ce rapport, aucune espèce de différence n'existant entre les deux cas cités, il n'y avait entre eux aucune espèce de distinction à faire.

On répond que, sans doute dans les deux cas, c'est la seule intention des parties qui détermine l'indivisibilité, mais que cette intention n'a pas trait aux mêmes points : que, dans le premier cas, c'est à l'engagement même qu'elle se reporte, tandis que, dans le second, c'est aux résultats à provenir du contrat qu'elle s'arrête. Et cette différence est assez grave pour mériter qu'on la signale, elle est, en outre, assez reconnaissable dans la pratique pour qu'on n'ait pas à craindre de confusion.

En effet, dans le premier cas, l'indivisibilité est bien plus facile à reconnaître. Puisque l'indivisibilité résulte de la nature de l'engagement, on n'a qu'à voir la manière dont il a été formé pour que l'indivisibilité s'en montre d'elle-même ; et rien n'est plus aisé que de s'apercevoir quelle est la nature d'un engagement. Il ne faut que consulter les premiers mots d'un acte pour savoir comment il est conçu ; on n'a du moins qu'à en interroger les dispositions principales qui, si elles ne se trouvent pas toujours au commencement, n'en sont pas moins toujours faciles à retrouver.

Dans le second cas au contraire, l'indivisibilité n'étant pas au fond de l'acte, et n'en provenant que comme une conséquence éloignée et indirecte, il importe d'entrer dans les détails de l'affaire, d'interroger les faits, de bien examiner les circonstances dans lesquelles l'acte est intervenu. On n'a pas d'autre moyen, puisque l'indivisibilité ne résulte pas de l'acte en lui-même, et qu'existant néanmoins, il faut alors puisqu'elle doit malgré tout se rattacher à l'acte, que ce soit de certaines parties toutes spéciales qu'elle émane.

En un mot, l'indivisibilité par suite de la nature de l'engagement n'a pas besoin d'être bien loin recherchée, car elle existe d'elle même, d'une manière générale dans l'acte dont il s'agit, et elle existera toujours dans tous les autres actes conçus de la même manière ; tandis que l'indivisibilité par suite de la fin qu'on s'est proposée dans le contrat, n'est pas générale à des contrats stipulés de telle ou telle sorte ; et que si dans l'un et l'autre cas c'est l'intention des parties qui décide, dans le premier, elle résulte de la manière dont le contrat est passé sans qu'on soit obligé d'examiner davantage ; et dans le second, elle n'est pas aussi claire, parce que tout contrat fait de la même manière s'en passerait très bien , qu'enfin elle est toute spéciale à l'acte dont il s'agit , et qu'il faut par suite entrer dans toutes les questions compliquées le plus souvent que fait naître la recherche de l'intention spéciale des parties qu'on ne peut découvrir à l'aide d'aucune formule générale.

Ainsi , soit l'exemple que nous avons cité plus haut , celui où emprisonné pour dettes, je conviens avec un tiers que vous me donnerez cinq mille francs , somme que je dois à mon créancier. Cette dette est indivisible ; mais ce n'est pas là une chose commune à toute obligation de la même somme qui aurait été contractée : ce n'est donc pas la nature de l'engagement qui produit l'indivisibilité , il faut pour la trouver s'attacher à cette circonstance qu'on a contracté dans le but d'arracher une personne de prison ; et comme il faut pour cela payer le créancier, et que le créancier a le droit de refuser un paiement qui ne serait pas intégral, la somme convenue devra être fournie dans son entier ; et comme par là c'est uniquement au résultat à obtenir que l'on s'attache, l'indivisibilité n'a trait qu'à la fin qu'on s'est proposée dans le contrat ; mais c'est seulement après être entré dans le détail de toutes les circonstances spéciales à cette convention qu'on arrive à s'apercevoir de l'existence de cette espèce d'indivisibilité.

Et de plus, nous avons déjà remarqué que, même avec toutes ces circonstances reconnues, il pouvait très bien se faire que l'indivisibilité n'eût pas lieu, parce que le créancier pouvait faire sortir son débiteur de prison sans recevoir tout ce qui lui est dû. Mais ce n'est là qu'une faculté qu'il possède, et non une obligation qu'on lui impose ; l'élargissement du débiteur, par ce moyen, est contraire aux règles du droit qui s'opposent à un paie-ment partiel ; c'est un simple fait qu'on ne peut supposer dès lors que rien ne le manifeste ; il faut, quand on écrit une disposition législative, s'attacher aux règles du droit, sans être embarrassé de toutes les exceptions que le fait peut y apporter. Et ici les règles du droit veulent un paiement intégral, il faut, conformément à cette règle, admettre l'indivisibilité dans le paiement, quand rien n'apparaît pour la contrarier.

Enfin, il y a encore indivisibilité dans le paiement à raison de la chose qui fait l'objet du contrat. Alors l'indivisibilité ne résulte pas seulement de l'intention, elle résulte de la chose, de la partie matérielle qui intervient dans l'acte, laquelle sans doute, est nécessaire pour que l'acte subsiste, mais pouvait entrer dans une convention sans avoir les qualités qu'on lui a données et qui ont produit l'indivisibilité. Et c'est, en effet, à raison d'une qualité que les contractants ont ajoutée à l'objet, que l'indivisibilité se produit eu égard à cet objet, ainsi que nous l'avons établi plus haut; et c'est en quoi, dans le cas actuel, l'indivisibilité produite par la chose diffère de l'espèce particulière d'indivisibilité produite à raison de ce que la loi appelle corps certain et déterminé.

Ce que nous avançons ici est prouvé par les exemples que l'on cite à ce sujet et qui se retrouvent dans les auteurs où ont puisé les rédacteurs du Code ; dans tous, on voit que si les choses, objet du contrat, produisent l'indivisibilité, elles eussent pu former l'objet d'un contrat, sans que, pourtant, l'exécution de l'obligation fût indivisible. Dans tous ces exemples, il ne s'agit que d'objets qui sont en eux-mêmes divisibles, par eux-mêmes susceptibles d'être livrés par parties, il n'y est question que d'une indivision intellectuelle pour ainsi dire.

Ainsi, vous m'avez promis une couple de bœufs, un attelage de deux chevaux. Tant que vous vivrez, vous ne pourrez me donner que deux chevaux et deux bœufs ; vous venez à mourir, l'un de vos héritiers ne pourra pas se libérer en me livrant un bœuf, un cheval ; — car dans la stipulation qui est intervenue entre vous et moi, nous n'avons point séparé les animaux à livrer de l'idée qu'ils étaient en couple, qu'ils devaient former un attelage ; de sorte que tant qu'on ne les livre ni en couple, ni en attelage, on n'exécute pas la convention telle qu'on l'avait stipulée. Mais cette condition n'entrant pas dans la nature propre des choses à fournir, c'est une addition qu'on a faite en ce qui les concerne, c'est, comme nous l'avons dit, une qualité qu'elles n'avaient pas et qu'on leur a donnée. — Et voilà pourquoi, la chose, objet de l'obligation, restant divisible par elle-même, l'obligation est divisible ; mais comme on doit l'observer dans toutes ses parties, elle est indivisible dans son exécution à cause de la qualité étrangère qu'on lui a ajoutée. En effet, c'était sans doute à raison du grand besoin qu'il en avait que le créancier avait voulu que la convention fût telle, on doit croire qu'on lui causerait un grave préjudice si on ne l'exécutait pas comme il a voulu qu'elle le fût ; l'acquéreur a acheté ces choses pour les avoir en totalité, il n'en a point acheté une partie.

Nous en avons fini avec les cas dans lesquels le paiement ne se fait pas, d'une manière partielle, à raison de l'intention des parties ; il faut voir maintenant comment le même résultat se produit à raison de faits indépendants de la volonté des parties.

Le premier exemple qui se présente est celui où la chose due vient à périr par la faute, ou même uniquement par le fait de l'un des héritiers. Alors celui par la faute, ou le fait duquel la chose a péri, est tenu du total de la dette ; et si la chose était périe par le fait ou la faute de plusieurs d'entre les héritiers, chacun d'eux en serait aussi tenu pour le total. C'est que, de même que le disait Dumoulin, si l'obligation de livrer est divisible, il s'y joint une autre obligation accessoire, celle d'apporter à la chose tous les soins d'un bon père de famille, et celle-là consiste en un fait, en un fait qui s'apprécie au point de vue moral, et qui n'admet aucune espèce de partage ni d'accommodement.

Il y a encore une autre exception à la divisibilité pour des motifs absolument semblables. Une des conséquences du principe de la divisibilité consiste à tenir chaque débiteur quitte de l'insolvabilité des autres ; mais il y a des cas dans lesquels il arrive que l'un des héritiers répond de l'insolvabilité des autres.

Ainsi, il peut arriver que ce soit par le dol ou le fait

d'un ou de plusieurs débiteurs, que le créancier n'a pu se faire payer par les autres débiteurs devenus insolvables. Alors les débiteurs coupables sont tenus de payer le tout.

Mais il faut qu'il y ait des reproches réels à faire à un des débiteurs pour qu'il soit ainsi chargé du total. Nous n'admettrions pas qu'une simple supposition de fraude pût donner lieu contre un seul à une poursuite pour la totalité de la dette.

Ainsi, nous n'admettons pas qu'il y ait réellement exception dans un cas où Dumoulin et Pothier veulent en établir. Il s'agit, dans ce cas, d'un père qui laisserait pour héritiers deux enfants, dont l'un aurait dissipé auparavant tout ce qu'il aurait reçu en avancement de sa succession, et auquel, à raison de ce qu'il est tenu de précompter le montant de la donation sur sa part, il serait revenu beaucoup moins dans l'actif des biens délaissés par le père, que n'est la part des dettes de cette succession dont il est tenu en se portant héritier. Alors, suivant l'opinion de nos auteurs, l'autre enfant doit répondre envers les créanciers de la succession de la part des dettes dont est tenu le frère insolvable ; car cet enfant ayant recueilli l'actif ou presque tout l'actif des biens laissés par le défunt, au moyen de ce que son frère a été tenu de précompter ce qu'il avait reçu du vivant du père commun, il ne doit pas profiter, aux dépens du créancier, de la succession de ce que son frère s'est porté mal à propos héritier : on pourrait craindre une collusion entre les deux frères, et que l'héritier solvable n'engageât son frère insolvable à se porter héritier dans la vue de se décharger d'une partie des dettes et de frauder les créanciers.

Cette solution ne nous semble pas devoir être admise du moins telle qu'on la présente. Je ne crois pas qu'on doive ici se préoccuper de l'intérêt des créanciers, puisque précisément on l'a mis de côté en posant comme règle qu'ils devaient supporter l'insolvabilité d'un de leurs débiteurs ; la seule considération de leur intérêt n'est donc pas un motif suffisant pour donner lieu à une exception, il faut que d'autres faits se présentent. Aussi, dit-on, qu'il y a des faits d'une autre nature, qu'il y a eu un concert frauduleux qu'il faut réprimer ; soit si ce concert frauduleux existe, mais il faut démontrer qu'il existe, et on ne doit pas l'admettre sur de simples présomptions ; et c'est pourtant ce qu'on fait dans l'opinion que nous combattons, puisqu'avant tout on le suppose.

En un mot, ou bien la fraude n'a pas eu lieu, et alors il n'y a pas d'exception à la règle, ou bien la fraude a été démontrée, et alors il existe bien une exception ; mais c'est la même que celle prévue pour le cas de dol.

On pourrait croire, au premier abord, qu'il y a une exception quand la dette est hypothécaire, et la loi, en effet, parle de cette circonstance dans le paragraphe premier de l'art. 1221, et c'est une chose certaine qu'en pareil cas les débiteurs, possesseurs des biens hypothéqués, peuvent être poursuivis pour le tout.

Mais ce n'est que la qualité de détenteur qui soumet à cette poursuite pour le total, et celui des débiteurs qui y est soumis pour ce fait peut y échapper en le faisant cesser, et lors même qu'il garderait l'immeuble, le débiteur ne pourrait être poursuivi pour la totalité que sur cet immeuble et non pas sur ses autres biens ; et les autres débiteurs, non détenteurs, n'auront jamais que leur part à payer.

Il s'ensuit donc que, quand on poursuit le détenteur, c'est moins lui que l'immeuble hypothéqué que l'on met en cause, *res non persona convenitur*. L'immeuble est là pour garantir l'obligation primitive ; mais comme l'hypothèque constitue à elle seule une obligation spéciale et toujours distincte de la première, puisqu'elle forme l'objet d'un contrat tout particulier, il en résulte que la première obligation, restant toujours séparée de la seconde, n'est point influencée par celle-ci, qu'elle garde toujours son caractère propre, qu'elle doit être toujours regardée comme divisible, et qu'on ne peut dire qu'il y a, en ce qui la concerne, exception au principe de la divisibilité.

La disposition du Code civil, à laquelle nous faisons allusion, a été copiée dans Pothier sans beaucoup d'intelligence. Ce dernier voyait dans l'hypothèque une dérogation à la règle de la divisibilité des obligations ; mais c'est qu'alors l'hypothèque n'avait pas besoin d'être spécialement consentie, elle résultait de certains contrats spéciaux, je veux parler de ceux passés sous la forme authentique ; et comme alors l'hypothèque se mêlait à l'obligation, elle pouvait influer sur sa nature, l'expression dette hypothécaire se comprenait alors ; mais aujourd'hui tout étant changé, cette expression n'a plus aucun sens.

Le paragraphe II de l'art. 1221 mentionne encore, comme exception au principe de la divisibilité, le cas où la dette serait d'un corps certain et déterminé.

La loi oppose les corps certains et déterminés ou certains seulement, car elle emploie indifféremment ces deux expressions réunies, ou bien n'en emploie qu'une seule (1245, 1247, 1302, 1129, 1221, 1264), la loi, dis-je, oppose les corps certains et déterminés aux choses qui ne sont déterminées que dans leur espèce (1129, 1245, 1246); il en résulte donc que, puisqu'on a déterminé quelque chose de plus que l'espèce, on ne peut avoir déterminé que l'objet dans son individualité même.

En pareil cas, si le corps certain était d'une chose indivisible, l'obligation serait certainement indivisible; mais si le corps certain est divisible de sa nature, il doit y avoir divisibilité, non seulement dans l'obligation, mais encore dans l'exécution. Car cette chose n'ayant pas la qualité d'indivisible, ne peut conférer en rien à l'obligation un caractère qu'elle ne possède pas.

Il faudrait pour qu'il y eût indivisibilité que l'intention des parties fût au moins d'ajouter à la chose dans leur convention une qualité propre à lui faire perdre son caractère de divisible; mais quand on stipule un corps certain, on ne fait que le mieux désigner, on n'ajoute ni on ne retranche rien en ce qui le concerne; l'obligation doit donc en tout être telle que son objet la démontre, et rien ni dans l'objet ni dans l'intention des parties ne la rendant indivisible, elle doit en tout et pour tout être divisible.

Et l'intérêt du créancier ne demande pas non plus qu'il y ait indivisibilité; car quel plus grave préjudice que dans les cas ordinaires peut avoir à encourir le créancier? On conçoit qu'il y ait indivisibilité lorsque l'obligation est d'une chose indéterminée, parce qu'alors le créancier peut être exposé à recevoir partie d'une chose, et partie d'une autre; et c'est pourquoi en pareil cas on force les débiteurs à déterminer l'objet qu'ils veulent livrer, en les laissant du reste parfaitement libres de ne payer

12

ensuite que par parties. Là, l'indivisibilité n'intervient que comme un moyen pour arriver à déterminer l'objet du paiement ; ici l'objet est déterminé , on n'a plus besoin de l'indivisibilité. On doit en agir comme on le fait dans une obligation de genre, quand la détermination a eu lieu ; et puisque dans ce dernier cas le paiement est partiel, il pourra se faire de la même manière dans le cas actuel, et ce, sans aucun intermédiaire.

Et c'est là ce que la loi elle-même consacre, ce que son texte annonce suffisamment. Sans doute elle n'y proclame pas la règle ; mais elle l'applique dans certains cas, et rend par là évidente l'admission qu'elle en a faite.

Et en effet, on voit dans l'art. 1672 au titre de la vente, et au chapitre du réméré , que si l'acquéreur a laissé plusieurs héritiers, l'action en réméré ne peut être exercée contre chacun d'eux que pour sa part dans le cas où elle est encore indivise, et dans celui où la chose vendue a été partagée entr'eux.

Voilà donc un cas, celui de la vente à réméré, où la dette est d'un corps certain , et où elle se divise entre tous les héritiers du débiteur.

On pourrait citer encore le cas de la rescision pour lésion , où l'art. 1685 renferme la même disposition.

Et cependant l'art. 1221 dans son paragraphe II , dit que quand la dette est d'un corps certain, il y a exception aux principes ordinaires de la divisibilité. Comment, après cela, soutenir qu'il n'y a pas indivisibilité dans le paiement? Comment combiner ensemble, et l'art. 1221 et les art. 1672 et 1685?

C'est que, de même que nous le savons, il peut y avoir exception à la règle de la divisibilité, autrement

que par suite de la volonté des parties , c'est que le cas
actuel , s'il était au nombre des exceptions , serait précisément de ces dernières , qu'il y aurait exception à l'indivisibilité par suite d'un fait étranger à l'obligation , mais
qui l'influencerait de telle sorte que , malgré son caractère divisible , certains d'entre les débibeurs se trouve-
raient chargés de payer la totalité de la chose.

Ce fait , c'est la détention de la chose due par l'un des
débiteurs.

Et c'est ce qu'établit l'art. 1221 lui-même. En effet ,
le paragraphe deux n'est pas le seul où le législateur
traite de la dette d'un corps certain ; sa disposition finale
s'en occupe aussi , et on voit qu'il y est parlé de l'héritier qui possède la chose due : ce n'est donc d'après
l'art. 1221 , que le fait de la possession par un débiteur
qui donne lieu au créancier d'exercer une action pour le
tout. Car enfin , il ne s'agit pas seulement de concilier
l'art. 1221 avec l'art. 1672, il faut avant tout, il faut
surtout combiner entre elles les différentes parties de
l'art. 1221 , et on ne peut leur donner à toutes deux un
même sens qu'en adoptant celui que nous venons de leur
attribuer.

Et c'est d'ailleurs ce qu'établit l'art. 1672 , car cet
article ne contient pas seulement la disposition que nous
avons citée, il en contient une autre qui rentre tout-à-
fait dans notre interprétation. La première disposition
parle du cas où la chose est indivise et de celui où elle a
été partagée entre les héritiers de l'acquéreur , et c'est
alors qu'il déclare que chacun n'est tenu que pour sa part.
La seconde, parle du cas où, par suite du partage de
l'hérédité, la chose vendue est échue au lot de l'un des

héritiers, et alors elle décide que l'action en réméré pourra être intentée contre lui pour le tout. La loi fait donc ici exception à la divisibilité, lorsqu'il y a un des débiteurs qui se trouve détenteur de l'objet certain et déterminé.

C'est donc là un point que nous pouvons regarder comme constant, que quand la dette est d'un corps certain, on n'est pas obligé de suivre la règle ordinaire de la divisibilité si l'un des débiteurs possède seul l'objet qui doit être donné en paiement.

Et cela aura lieu dans deux cas ; si l'héritier qui possède le corps certain, quoique héritier pour partie, a succédé seul à la chose dont il s'agit ; et si l'objet pouvant être distribué à tous les héritiers, il est tombé, par le fait du partage, dans le lot de l'un d'eux. Le premier cas a peu d'importance aujourd'hui, qu'on ne distingue plus que, par exception, l'origine des biens dans les successions, il est cependant susceptible de se réaliser quelquefois. Le second cas est le plus commun, c'est à celui-là qu'on se reporte naturellement, lorsqu'on s'occupe de choses de cette nature. Le Code s'exprimant d'une manière générale a sans doute prévu également l'une et l'autre circonstance. Du temps de Pothier, où l'origine des biens dans les successions était recherchée soigneusement, pour que telle ou telle partie du patrimoine du défunt fût spécialement attribuée à certaines personnes déterminées, le premier cas ne manquait pas que d'être fréquemment appliqué ; aussi ce jurisconsulte l'a-t-il bien distingué du second, et lui a-t-il consacré un paragraphe spécial, celui qui se trouve au n° 301, réservant de parler, dans le numéro suivant, de ce qui avait trait à l'autre cas.

D'où vient donc qu'en pareilles circonstances il est permis au créancier de poursuivre le paiement pour le tout ?

D'abord, on a dit que ce système présentait de l'utilité en faisant éviter un circuit d'actions ; mais ce n'est là qu'un effet de son admission, une conséquence de la disposition une fois adoptée, ce n'est pas là une raison de principe, et c'est au point de vue des principes qu'on s'est toujours tenu dans cette discussion.

Pothier, n° 302, et Dumoulin, partie 2, n° 84, donnaient une autre raison. Ils disaient que le créancier, dans ses rapports avec un débiteur d'un corps certain, est propriétaire ; de sorte qu'ayant le droit de faire enlever ce corps certain, de le faire arracher des mains de son débiteur, ce droit a quelque chose de réel, ce qui fait que le créancier conserve le droit de faire enlever la chose des mains de l'héritier du débiteur.

Remarquons bien que Pothier ne pouvait pas dire que le créancier était propriétaire de la chose, parce que, de son temps, la propriété ne se transférait pas par l'effet des obligations, mais il le considérait comme propriétaire et lui attribuait les droits du propriétaire *dans ses rapports avec le débiteur*. C'était bien un droit personnel qu'avait le créancier, mais il avait quelque chose de réel, l'action était *in rem scripta*, comme on disait alors ; et par suite de la qualité de réalité qui se mêlait à ce droit personnel, le créancier pouvait poursuivre le détenteur de la chose.

Aujourd'hui, sous l'empire du Code, il y a une raison plus forte encore pour le décider ; car les obligations ont maintenant pour effet de transférer la propriété, non seulement entre le créancier et le débiteur, mais encore entre tous les autres et même vis-à-vis des tiers. Le créancier est propriétaire de la chose, objet du contrat, lors qu'elle est certaine et déterminée, et comme l'obligation est divisible par elle-même et aussi dans son exécution, ce ne peut être qu'en vertu de son droit de propriété que le créancier a le pouvoir de poursuivre le débiteur détenteur pour le tout. Ce débiteur n'est personnellement obligé qu'à sa part et portion, c'est en vertu de l'action en revendication qu'on le poursuit pour le surplus.

Aussi doit-on dire aujourd'hui que ce n'est plus là une exception au principe de la divisibilité des obligations, car le même effet pourrait avoir lieu s'il n'y avait pas eu d'obligation contractée. Dans tous les cas, où, au fait de la détention qui motive cette poursuite pour le tout, vient se joindre le lien d'une obligation préexistante, on ne doit donc pas s'occuper d'elle, puisque sans elle le même droit aurait eu lieu pour le propriétaire, et par conséquent, il était inutile de la rappeler; et bien plus, comme elle se présente alors sous un tout autre aspect, comme, d'après elle, un effet tout contraire aurait eu lieu dans la poursuite, il devenait nécessaire de l'écarter comme incompatible avec les droits qu'on accorde ici au propriétaire, on ne pouvait pas parler d'exception aux règles qui la concernent, puisqu'on la devait mettre tout-à-fait hors de cause.

La vérité, dans tout cela, c'est que le créancier qui exerce l'action en revendication agit non pas tant contre une personne que pour avoir la chose même dont il s'agit; il s'adresse à elle et non pas à telle ou telle personne. C'est le cas de dire, comme quand il s'agissait d'une dette

hypothécaire *res non persona convenitur*, c'est parce que
la chose ne peut pas s'offrir d'elle-même qu'on s'adresse
à ceux qui la détiennent, qu'on intente une action contre
eux. Le seul but que l'on a, à cet égard, c'est de les repousser, comme offrant un obstacle aux droits que l'on
veut exercer sur la chose, et comme c'est là un fait qui
n'admet ni division, ni partage, il doit faire sentir pour
le tout son influence à ceux sur lesquels il pèse ; et voilà
pourquoi, quand c'est à une seule personne qu'on s'attaque, l'action a lieu pour la totalité de l'objet qu'on re-
vendique ; parce que l'objet étant possédé par elle, l'est
pour sa totalité quand elle est seule à le détenir, et que
c'est, par conséquent, pour la totalité de l'objet, qu'elle
offre une résistance aux droits du propriétaire. Et voilà
pourquoi encore, lorsqu'il y a plusieurs détenteurs, l'action n'a lieu que pour la part que chacun s'est attribuée
dans la chose qu'on réclame, parce que c'est seulement
en égard à ces parts qu'ils possèdent, que ces détenteurs
présentent un obstacle réel ; et les détenteurs, qui sont
en même temps débiteurs, étant, à cet égard, dans la
même position que les autres, voilà pourquoi, quand ils
sont plusieurs, le créancier doit intenter son action
contre chacun d'eux pour leur part, et pourquoi, quand
il n'y a qu'un débiteur qui détienne, l'action a lieu contre
ce dernier pour la totalité, d'après l'art. 1221, § 2, dont
ainsi l'on peut justifier la disposition, en lui restituant
son véritable sens, aussi bien qu'on l'explique sans difficulté lorsqu'on la met en regard d'autres textes du Code
civil.

Il est vrai qu'on peut faire ici une objection à cette
interprétation que nous donnons à la loi, qu'on peut

dire avec une certaine apparence de vérité dès l'abord :
que la position du détenteur qui a aussi la qualité de débiteur, n'est pas tout à fait la même que celle d'un débiteur ordinaire.

En général, et d'après les principes rigoureux de
l'action en revendication, comme cette action n'a lieu
que pour repousser l'obstacle opposé au propriétaire par
le détenteur de l'objet réclamé, on doit dire que cette
action cesse lorsqu'a cessé l'obstacle qui était opposé,
lorsque d'une manière ou d'une autre la possession du
détenteur est arrivée à fin, soit qu'elle n'existe plus par
l'autorité de la justice, la revendication ayant produit
son effet, soit qu'elle ait fini par la libre volonté du
possesseur, auquel cas la revendication est sans objet.
C'est une règle certaine que le délaissement pur et simple opéré par la personne poursuivie, la met hors de
toute atteinte de la part du propriétaire.

Mais ici peut-on objecter, il n'en est pas de même,
pareille faculté n'est pas accordée au débiteur d'un objet
certain qui en est le détenteur, car sa qualité de débiteur fait qu'il est tenu aussi à raison d'une obligation ;
or, si en vertu d'une obligation un créancier a aujour-
d'hui la propriété, et si un débiteur est soumis par là
même à l'action en revendication qui résulte ainsi de
l'obligation, il n'est pas pour cela déchargé de l'action
personnelle qu'entraîne par elle-même l'obligation ; et
cette action personnelle n'a pas seulement pour but de
faire opérer un délaissement, afin que le propriétaire
puisse mettre la main sur son bien, elle entraîne aussi
pour le débiteur la nécessité de mettre lui-même la chose
réclamée entre les mains du créancier. Puis donc qu'ici

le détenteur de l'objet certain, est comme débiteur soumis à une action personnelle, il devra donner au créancier propriétaire la part dont il est tenu dans la dette ; mais alors comme la dette est d'un corps certain, il faudra que le débiteur qui doit en livrer une partie, livre aussi toutes les autres. Le corps certain est aux yeux de notre loi civile celui qui constitue une individualité, et nul individu ne peut se concevoir distinct de toutes les parties qui le composent ; lors donc qu'une partie est engagée, toutes les autres doivent l'être, celui qui doit livrer une partie, doit donc les livrer toutes, pour que la dation qu'il a à faire soit réelle et effective, et que son obligation ne devienne pas dérisoire. Et s'il en est ainsi, c'est par suite de l'obligation qui pèse sur lui, et non pas à cause du fait de la détention qu'il exerce.

Cette objection ne nous paraît pas sérieuse, nous ne l'avons mentionnée ici que par respect pour son auteur qui, en ce qui touche la matière de l'indivisibilité, est le seul qui ait su répandre quelques lumières, et dont par suite les erreurs sont plus dangereuses que celles des autres, nous voulons parler de *Zachariæ*.

Cet auteur ainsi que tous ceux qui ont adopté son opinion, nous paraît avoir confondu deux choses bien distinctes.

Nous avouerons bien que dans le cas actuel, il y a lieu à l'action personnelle résultant du contrat, tout comme à l'action en revendication résultant de la propriété qui a été transférée par le contrat, et que ces deux actions doivent produire leur effet en ce qu'elles ont d'avantageux pour le créancier. Nous ne contestons pas non plus que l'action personnelle donnant droit à réclamer la délivrance de la chose due par celui qui la détient, à la différence de l'action en revendication qui ne donne que le droit au réclamant de s'en emparer par lui-même, le réclamant pourra prendre pour lui l'effet de l'action personnelle et exiger une délivrance, au lieu de se borner à demander un simple délaissement.

Mais nous voulons que ce droit du créancier s'exerce dans des limites raisonnables, nous disons que s'il y a lieu ici à l'effet de l'action personnelle, il y a lieu aussi à l'effet de l'action réelle : que ces deux actions se trouvant jointes, il faut que toutes deux exercent ici un certain empire, sans quoi l'une disparaîtrait devant l'autre ; ce que nous nions devoir être ; ce que pourtant, dans l'opinion contraire, on est obligé d'admettre ; ce qui nous a fait dire que dans cette manière de voir, il y avait une confusion, confusion manifeste, puisque l'on veut que la délivrance de l'objet réclamé soit effectuée pour le tout, et que la nécessité de cette délivrance n'étant exigée que par l'action personnelle, l'action réelle qui n'oblige qu'au délaissement reste par conséquent sans application.

L'action personnelle aura lieu pour nous avec la nécessité de délivrer le corps certain imposée au débiteur dans les cas où l'on pourra invoquer l'obligation, et l'action réelle s'exercera avec la seule charge pour le débiteur de délaisser l'objet, toutes les fois qu'on n'aura à invoquer contre lui que le fait de sa détention.

Et voilà ce qui en résultera dans la pratique. L'obligation est divisible, le débiteur ne doit que sa part dans le corps certain, il n'est tenu que de délivrer cette part ; au delà il ne doit qu'autant qu'il détient, il sera libéré en s'abstenant de toute détention, autrement dit en délaissant.

Et c'est là le sens théorique que nous donnons au paragraphe 2 de l'art. 1221 , et les conséquences pratiques que nous y attachons.

Mais nous n'avons pas fini de répondre à l'objection qu'on nous avait faite.

On nous dit que, sans doute, il en serait peut-être , ainsi que nous l'avons annoncé , si une division pouvait se faire sur le corps, objet de l'obligation ; mais il en est autrement. Ce corps constitue une individualité , il n'y a pas de parties dans une individualité , elle est tout ou elle n'est rien ; et puisque le débiteur est obligé de livrer une partie, il faut, pour que son obligation ait quelque effet , qu'il livre le tout.

Ainsi, c'est sur l'impossibilité de livrer en partie la chose, objet de l'obligation , qu'on se rejette en définitive; mais cette objection n'est pas plus sérieuse que la première, et ne repose aussi bien qu'elle que sur une confusion.

Et, en effet, il n'y a réellement pas l'impossibilité qu'on signale, l'individualité ne constitue qu'une indivision et non pas nécessairement une indivisibilité. A cet égard, il nous suffit de rappeler ce que nous avons établi en parlant des choses divisibles et indivisibles , que la divisibilité a lieu toutes les fois qu'on n'examine dans un objet que ses qualités matérielles, et puisque alors il y a toujours divisibilité, il en sera ici comme dans tous les autres cas, où les qualités matérielles sont seules en jeu, où la multiplicité des parties, qui en est la conséquence, apparaît sans que rien la gêne, pas plus dans la convention que dans la nature même des choses.

Et il peut se faire qu'il y ait un corps certain et déter-

miné qui soit l'objet d'une convention avec ses seules
qualités matérielles, ce qui a lieu lorsque la dette est
d'un fonds de terre, ce qui est ici l'exemple à citer,
exemple que nous trouvons cité par tous les anciens auteurs.

Soit donc l'obligation d'un fonds de terre composé de
dix arpents, il y a cinq débiteurs, chacun ne sera tenu,
en vertu de l'obligation, qu'à fournir deux arpents, l'o-
bligation peut parfaitement être remplie sans qu'un seul
débiteur soit poursuivi pour les dix arpents, c'est donc
le cas d'appliquer le principe de la divisibilité, qui, étant
général, ne saurait être écarté toutes les fois que la possibilité de l'exécuter s'en présente.

Il faut donc, pour qu'un seul débiteur soit en ce cas
exposé à être poursuivi pour les dix arpents, qu'il y ait
un fait étranger à l'obligation, et ce fait, c'est celui dont
nous avons parlé, ce serait la détention des dix arpents
par un seul.

Et cette origine étrangère d'une poursuite, qui ne se
rattache pas à l'obligation primitive, se fera aussi sentir
dans les effets, car, d'après ce que nous avons dit, le
débiteur, chargé de livrer deux arpents et poursuivi
pour dix, sera seulement tenu de délaisser les huit qui
restent.

Il n'y aurait que les objets certains, animés par la
nature ou par l'art, qui échapperaient à la règle de la
divisibilité; mais c'est qu'alors l'obligation elle-même
serait indivisible, et non pas seulement son exécution.

Nous tenions à poser ces exemples pour mieux faire
sentir les distinctions que nous avons établies, et aussi
parce que ces cas avaient été fort mal posés par les au-

teurs modernes. Plusieurs, en effet, à propos de la dette
du corps certain dont parle l'art. 1221, ont mentionné,
comme rentrant dans son paragraphe II, les êtres
animés qu'on pourrait être convenu de livrer, sans faire
attention qu'ici ce n'était pas le lieu d'en parler, puisqu'un tel objet d'obligation la rend indivisible; aussi
n'avaient-ils su en rien distinguer les corps certains divisibles d'avec ceux qui ne l'étaient pas, tandis que la loi
obligeait à distinguer. Et c'était là une des circonstances
où l'on s'entendait le moins; on ne saurait en être étonné,
puisque les auteurs avaient fait si peu d'attention aux
principes, et s'étaient si peu attachés à rechercher les
véritables règles.

Au reste, nous devons dire que cette distinction que
nous avons posée en théorie et qui est susceptible de se
produire en pratique ne s'y produit réellement pas; il est
extrêmement rare qu'on puisse avoir de l'intérêt à opérer
un simple délaissement, lorsqu'il faut livrer une partie
de la chose qu'on a à délaisser pour le reste. L'intérêt du
délaissement consiste à ce que l'on n'a point à s'occuper
des personnes étrangères qui peuvent détenir concurrem-
ment avec vous, et que tout est fini lorsque, pour votre
compte, vous cessez de détenir; l'obligation de délivrer,
au contraire, ne s'accomplit pas, par cela seul que vous
vous abstenez de garder l'objet en votre puissance; il
faut qu'en outre vous preniez des mesures pour que les
autres détenteurs aient à sortir, de telle sorte que l'objet
soit remis libre entre les mains de celui qui en est le
maître. Or ici peu importe que le débiteur, en principe,
n'ait à opérer qu'un délaissement pour ce qui excède sa
part; forcé comme il l'est de rendre libre ce qui y rentre,

s'il a, à cet égard, à chasser des tiers détenteurs, il aura par là même à les chasser pour la partie qui dépasse; car, quand il y a usurpation d'un objet, cette usurpation n'a guère lieu pour partie, et les mesures à prendre pour la faire cesser ne peuvent guère non plus avoir trait qu'à la totalité. Ce sera donc dans le cas où la part du débiteur ne serait occupée par personne, et où d'autres personnes occuperaient conjointement avec lui le reste de la chose que le débiteur pourrait avoir intérêt à n'opérer qu'un délaissement. Mais c'est alors se lancer dans un cas, pour ainsi dire, imaginaire, car nous ne pouvons pas supposer qu'il s'agisse de débiteurs primitifs ou d'héritiers d'un primitif débiteur, puisqu'alors toute idée de paiement total à effectuer par un seul débiteur, se trouve écartée nécessairement et d'après la loi et d'après la raison; la chose n'étant alors attribuée, en propre, à aucun, et aucun, par conséquent, ne pouvant être poursuivi à raison de cette chose que tous sont obligés à fournir, à laquelle ils ne se trouvent tenus qu'en vertu de l'obligation, laquelle est divisible. Il faudrait donc que la détention en commun avec le débiteur eût lieu, de la part de personnes étrangères au contrat, c'est à quoi il faut s'arrêter, mais alors il faut supposer ce qui n'aura, sans doute, jamais lieu un accord entre ces personnes et le débiteur; je dis que cet accord est à peu près impossible, parce que le débiteur se trouverait privé par là des avantages que lui procure le fait de sa détention, et qu'à tout prendre il aimerait mieux l'abandonner. Il faudrait qu'il y eût un traité entre le débiteur détenteur et des tiers, à l'effet d'admettre ces derniers à concourir à la détention, un traité pour établir une indivision! Ce qui ne s'est jamais fait, ou bien encore qu'il y ait eu un envahissement commis par ces tiers, et qu'ils se soient contentés de prendre la part dont le débiteur ne se trouvait pas chargé dans l'obligation ; et il n'est pas présumable qu'étant en train d'envahir, on s'arrête en si bon chemin et surtout à un point aussi juste.

Toutefois, c'est bien à ces dernières circonstances que nous devons nous attacher pour trouver un intérêt réel à la distinction que nous avons posée, et comme elles peuvent, malgré tout, se présenter, nous devions les signaler ; et s'il est vrai qu'il a fallu les chercher un peu loin, c'est la faute du sujet et non la nôtre ; le principal reproche que la loi mérite, c'est de l'avoir traité, parce qu'il lui faut alors entrer dans des détails ; tandis qu'il lui faudrait se borner à poser des principes qui le dominassent : mais ayant à expliquer la loi, et obligés comme nous le sommes de l'accepter telle qu'elle est, c'était bien une nécessité pour nous d'entrer de plus en plus dans son esprit, c'est-à-dire de détailler encore davantage ; et ayant à montrer des applications, quand il ne s'en présentait pas de réelles, il fallait bien désigner celles qui étaient possibles.

Néanmoins, comme ici la pratique n'a été jusqu'ici d'aucun secours, il n'est pas étonnant que ceux qui ne jugent que d'après des faits accomplis, n'aient pas su saisir la valeur des distinctions théoriques que nous avons établies ; et il était d'autant plus facile de s'y tromper, que précisément lorsqu'on peut appliquer théoriquement la distinction que nous avons faite, le débiteur poursuivi ne le sera pas seul, puisqu'il n'est pas seul détenteur de l'objet, les autres détenteurs devront aussi être poursuivis. Mais comme ce ne sont pas des débiteurs, et que les autres débiteurs, parce qu'ils ne sont pas détenteurs, ne sont pas soumis à l'action, nous étions en droit de conclure que le débiteur poursuivi se trouvait dans une position spéciale ; mais aussi que cette position étant faite à lui seul quand rien dans l'obligation ne peut y conduire, elle résultait d'autre chose que de l'obligation elle-même ; et que par conséquent l'action provenant d'une toute autre source, devait avoir une autre nature et produire des effets différents, lesquels ont été réduits par nous à la nécessité d'opérer un délaissement.

Nous avons suffisamment établi, ce nous semble, qu'ici il n'y avait pas exception à la divisibilité des obligations ; et là nous dirons comme pour la prétendue exception résultant de l'hypothèque qu'on s'est laissé influencer par les souvenirs de l'ancienne jurisprudence, et qu'on a copié les vieux auteurs sans faire attention qu'on n'était plus régi par leurs principes.

Dans l'ancien droit, on poursuivait également pour le tout le débiteur qui était détenteur du corps certain objet de l'obligation ; mais comme la propriété n'était pas transférée par l'obligation ; comme la propriété ne résultait que de l'exécution de cette obligation, l'obligation était par conséquent le seul titre qu'on avait pour réclamer la totalité de l'objet, et puisque les principes généraux s'opposaient à cette exécution totale de la part d'un seul, ces principes n'étant pas suivis, c'est qu'on y faisait exception.

Dans le droit nouveau au contraire, la propriété étant transférée par l'obligation, peut à elle seule devenir un titre de poursuite, c'est pour repousser les détentions illicites qu'on invoque le plus souvent les droits qu'elle confère. Ici c'est la détention du débiteur qni l'expose à cette action pour la totalité de l'objet ; rien ne s'oppose donc à ce qu'on voie dans la propriété conférée au créancier la source du droit qui lui appartient contre le débiteur ; tout au contraire nous y engage , puisque de cette manière on sauve le principe de la divisibilité qui est général et doit être conservé partout où on le peut , parce qu'il est fondamental.

Et c'est ce qui se résoudra eu fait par cette différence que , dans l'ancien droit, comme c'était à l'obligation qu'on s'attachait, comme c'était à l'action qu'elle faisait naître qu'on s'arrêtait , tous les effets de l'action personnelle avaient lieu , et surtout la nécessité pour le débiteur d'opérer la délivrance de l'objet en entier ; tandis que , dans le nouveau droit, la propriété donnant seule lieu à une action , l'action qui aura lieu pour ce qui dépasse la part du débiteur détenteur sera réelle et ne l'obligera qu'à un simple délaissement. C'est ce que nous avons déjà dit et ce que nous répétons , pour faire mieux comprendre la comparaison à établir entre les deux droits ; quoiqu'au bout du compte, nous devions encore l'avouer en terminant cette discussion , tout ceci n'est que de pure théorie ; mais enfin, en nous livrant à ces commentaires, c'est la loi que nous expliquons , et si l'on trouve quelque chose à objecter, c'est à la loi qu'il faut s'en prendre.

Ainsi , nous n'avons trouvé d'autre exception au principe de la divisibilité, par suite d'un fait postérieur qui est venu s'immiscer à l'obligation primitive, que celle

résultant de la faute de l'un des débiteurs dans la garde
et la conservation de la chose , objet de l'obligation. C'est
que là , il fallait que l'obligation existât pour qu'une
action eût lieu d'abord et eût lieu pour la totalité. Alors,
en effet , si la personne à qui la faute est imputable ,
est forcée de payer la totalité de la dette , cette nécessité
pése sur elle uniquement à cause qu'elle était obligée de
conserver la chose, d'y apporter tous ses soins , et elle
n'était obligée de conserver que parce qu'elle était obligée
de donner. Si donc un fait postérieur de négligence ou
de fraude qui n'entrait pas d'abord dans l'obligation ,
est venu ajouter à l'obligation première d'un débiteur ,
pareil fait ne pouvant être imputé à faute qu'à cause
de l'obligation qui existait , on doit dire qu'il se
joint à elle , qu'il s'y rattache , qu'il n'en peut être
séparé , que c'est uniquement à cause d'elle que l'effet
qui en résulte a été produit ; et comme cet effet est contraire à la règle qui consacre la divisibilité , il faut bien
dire que c'est là une exception à cette règle , contrairement à ce qui a lieu dans les autres cas cités où le fait
qui motive une poursuite pour la totalité aurait pu auss:
bien être produit, quand même il n'y aurait pas eu d'obligation consentie.

Toutefois , il serait peut-être encore plus vrai de dire
que, même en ce qui touche le cas où c'est par la faute de
l'un des débiteurs , que les autres ne pourraient pas fournir leur part de la chose due , il n'y a pas exception à la
règle de la divisibilité au moyen d'une indivisibilité *solutione ;* car cela rentre dans le cas où il y a eu , en général,
faute ou dol commis, et la loi dit alors qu'il y a solidarité
(art. 55 Cod. pén.), c'est-à-dire obligation *in solidum ,*

disposition qui doit être étendue au cas même où le fait reproché ne serait pas de nature à donner lieu à une action criminelle. Le principe général de l'art. 1382 suffit à cet égard ; de telle sorte que ce n'est plus désormais sur la matière de l'indivisibilité que se règle cette exception spéciale ; et comme aujourd'hui, c'est la seule exception qui ait lieu par suite d'un fait postérieur à l'obligation primitive , il en résulte que cette exception n'a plus de portée, pour ainsi dire , puisqu'elle se confond avec les obligations qui n'admettent point de partage à raison d'un lien personnel.

Nous en avons fini avec la mention des cas spéciaux d'indivisibilité *solutione*, nous n'avons rien à ajouter en ce qui concerne leurs effets, à ce que nous avons dit pour les obligations indivisibles en général, où nous avons fait observer que tout ce qui était établi là, à l'égard des débiteurs, avait ici son effet.

Toutefois, il faut se demander, si dans tous les cas où nous avons dit qu'on pouvait poursuivre un seul débiteur pour le tout, on a la faculté de s'adresser indistinctement à chacun des débiteurs ou bien si c'est seulement contre un seul débiteur qu'on a cette faculté.

La question revient à celle de savoir quand la dérogation aux principes de la divisibilité, atteint tous les débiteurs ou n'en atteint qu'un seul.

Pour voir ce qu'on doit décider à cet égard, il faut passer en revue les différentes espèces d'exceptions aux effets ordinaires de la divisibilité.

Ces espèces, ainsi que nous l'avons dit, se ramènent à deux genres, ou bien l'exception provient de l'intention des parties au moment où elles ont passé le contrat,

ou bien c'est un motif étranger à leur intention de contracter un fait postérieur, uni à la convention qui a
donné naissance à l'exception.

Quant à la première espèce d'exception il ne pouvait
y avoir lieu autrefois à la question que nous nous posons.
Alors, en ces sortes de cas, il était reconnu que chaque
débiteur n'était tenu que pour sa part dans la dette, et
que l'action ne devait être dirigée contre aucun d'eux en
particulier.

Mais aujourd'hui, il en est tout autrement, l'action
n'est plus nécessairement dirigée contre tous les débiteurs, elle peut l'être contre un seul. Voyons donc si
elle peut l'être contre un seul en particulier, ou si elle
frappe un seul en général.

Nous avons dit qu'il y avait deux manières de rendre
une obligation indivisible *solutione*, l'une expresse,
l'autre tacite.

L'indivisibilité est expresse lorsque c'est en vertu du
titre, qu'un seul débiteur peut être poursuivi pour le
tout. Alors puisque l'on a jugé à propos de le dire, c'est
que l'obligation en elle-même n'admettait pas cette division, et même on peut croire qu'elle la repoussait.
On ne saurait donc trop se restreindre dans les limites
de la convention, et comme elle ne désigne qu'un seul
qui soit chargé pour la totalité, on doit dire qu'un seul
est tenu de cette manière; mais comme aujourd'hui cela
suffit pour qu'on soit soumis à l'action à raison du total
de la chose, l'action pourra être dirigée contre le seul
débiteur désigné par la convention, et une action de
cette sorte ne saurait atteindre les autres qui ne sont
tenus que pour leur part.

L'indivisibilité est tacite, au contraire, lorsque c'est par suite de la manière dont est contractée l'obligation, que cette indivisibilité a lieu. Alors on doit reconnaître que l'indivisibilité a un caractère plus général, que par conséquent aucun des débiteurs n'en étant spécialement atteint, tous, puisqu'elle existe pourtant, devront y être soumis, et que chacun d'eux quel qu'il soit pourra être assigné pour le total.

Toutefois, il y a à cela une exception. Les législateurs n'ont pas tant innové qu'il ne se retrouve dans leur œuvre quelque trace de ce qui se pratiquait avant eux. Nous avons vu qu'il y avait des cas où bien qu'il y eût indivisibilité dans le paiement, le paiement, par le fait, ne s'accomplissait pour chaque débiteur que dans les limites de sa part et portion. Puis donc que chacun est tenu seulement de sa part, on ne pourra en assigner un seul pour la totalité; mais comme il y a indivisibilité en ce sens que les débiteurs doivent s'entendre pour fournir le même objet, le créancier aura le droit de les assigner tous à cet effet, et avant que tous ne se soient décidés en commun, un seul ne pourra prétendre se libérer en offrant de payer sa part dans l'obligation, parce que l'objet à payer a besoin d'être désigné par tous et doit être pour tous le même; ce qui fait que cette faculté de les assigner tous, pour opérer cette désignation, constitue pour le créancier non seulement un droit, mais encore un devoir, ce qui nous faisait dire qu'à cet égard on suit encore aujourd'hui les règles de l'ancienne jurisprudence; de telle sorte que non seulement le créancier ne peut s'adresser spécialement à un débiteur, mais ne saurait pas même s'adresser à un d'eux sans distinction.

Quant à l'exception aux effets de la divisibilité par suite d'un fait postérieur à la convention, la solution doit être toute autre. Il est évident que l'exception devra seulement atteindre celui ou ceux des débiteurs qui l'auront motivée en exécutant le fait qui y a donné lieu. Le créancier s'adressera donc aux auteurs du fait; s'il n'y en a qu'un seul, ce sera lui seul qu'il assignera, s'il y en a plusieurs, il aura le choix entre eux. Car, en ce qui concerne l'action en dommages-intérêts résultant d'un délit ou d'un quasi-délit, on doit dire que chacun des auteurs du fait est responsable pour le tout. Si un seul eût commis la faute, seul il en serait tenu. La position ne doit pas être plus favorable parce qu'il se trouve plusieurs personnes qui ont commis la faute avec lui.

Ainsi, nous avons vu quel était le système de la loi, nous avons établi que son principe général était celui de la division des dettes et des créances; mais qu'il y avait d'abord des exceptions pour les obligations solidaires, *in solidum* et indivisibles; puis, insistant sur ce dernier point, nous avons montré qu'il y avait trois espèces d'indivisibilités, et nous nous sommes attachés à en signaler les différences; puis encore, les effets produits par ces indivisibilités ont passé sous nos yeux, et nous avons enfin terminé par l'examen détaillé des cas dans lesquels il y a lieu à la dernière espèce d'indivisibilité, celle qui n'a trait qu'à l'exécution.

Notre marche, comme on le voit, est régulière, nous pensons que de cette manière les différentes parties de notre sujet ayant été mises chacune dans l'ordre qui leur convient, bien des difficultés ont pu s'éclaircir, car c'est en grande partie la confusion des règles qui a créé toutes les difficultés. Nous croyons aussi que les principes fondamentaux ayant été posés par nous avec tout le soin possible, la solution des cas particuliers nous a été rendue plus facile.

Poitiers, Imprimerie de HENRI OUDIN.

ERRATA.

———

Page 4 , ligne 31 , au lieu de *avant exécution*, lisez : *avant l'exécution*.

Page 8 , ligne 14 , au lieu de *elles s'entendissent* , lisez : *elles entendissent*.

Page 25 , ligne 19 , au lieu de *peuple*, lisez : *peuples*.

Page 25 , ligne 25 , au lieu de *apporter*, lisez : *y apporter*.

Page 27 , ligne 9 ; au lieu de *l'on ignore pas*, lisez : *l'on n'ignore pas*.

Page 39 , ligne 29 , au lieu de *l'opposée*, lisez : *l'opposé*.

Page 50 , ligne 14 , au lieu de *claires*, lisez : *clairs*.

Page 51 , ligne 17 , au lieu de *peut*, lisez : *peu*.

Page 60 , ligne 8, au lieu de *partie*, lisez : *parties*.

Page 81 , ligne 5 , au lieu de *on ne s'étonne*, lisez : *on ne s'étonne pas*.

Page 106 , ligne 5 , au lieu de *clause*, lisez : *classe*.

Page 136 , ligne 11 , au lieu de *ait*, lisez : *eût*.

Page 142 , ligne 29 , au lieu de *lo*, lisez : *loi*.

Page 155 , ligne 28 , au lieu de *un tel arpent de terre*, lisez : *la moitié d'un tel arpent*.

Page 165 , ligne 10 , au lieu de *divisible*, lisez : *indivisible*.

Page 194 , ligne 12 , au lieu de *est venu ajouter*, lisez : *est venu s'ajouter*.

TABLE DES MATIÈRES.